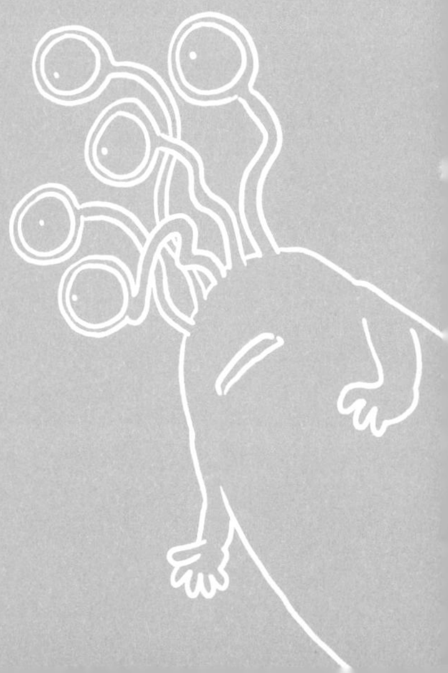

rowohlt rotfuchs

Liebe Lya Marianne

Zum 8. Geburtstag

Viel SPASS beim lesen.

Lesen macht
die schönsten Bilder
im Kopf. Genieße sie...

Habe Dich lieb

Deine Mama und Papa

*Für Emily, Patrick und*
*die zwei belgischen Riesen*

MARKUS GROLIK

# FRÄNKIE STEIN

MIT ILLUSTRATIONEN
DES AUTORS

ROWOHLT TASCHENBUCH VERLAG

Originalausgabe
Veröffentlicht im Rowohlt Taschenbuch Verlag,
Reinbek bei Hamburg, Juni 2017

Lektorat Christiane Steen
Einband- und Innenillustrationen Markus Grolik
Einbandgestaltung any.way, Barbara Hanke/Cordula Schmidt
Satz aus der Caecilia LT, InDesign,
bei Dörlemann Satz, Lemförde
Druck und Bindung CPI books GmbH, Leck, Germany
ISBN 978 3 499 21780 7

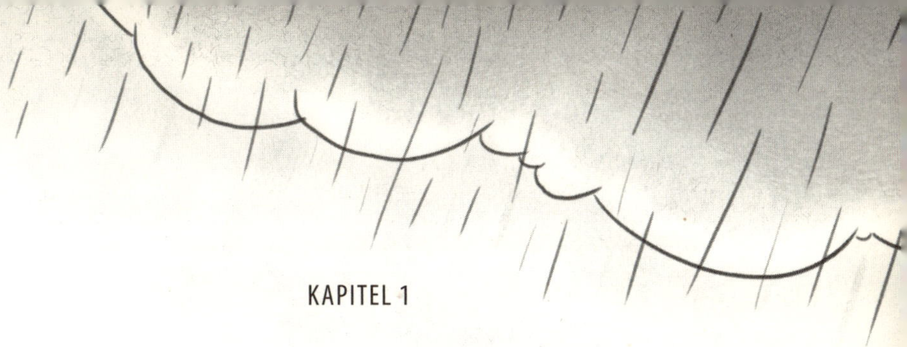

KAPITEL 1

# A WIE ALIEN UND Z WIE ZOMBIE!

*Ausgerechnet jetzt passiert das. Ausgerechnet mir.*

*Ausgerechnet mitten in den Sommerferien.*

*Genau einen Tag vor meinem 9. Geburtstag.*

Genau das dachte Fränkie Stein, als er in seinem neuen Kinderzimmer stand. Wieso hatten seine Eltern aus heiterem Himmel beschließen müssen, in eine andere Stadt zu ziehen? Fränkie starrte zum Fenster hinaus auf die grauen Reihenhäuser. Alles nur wegen der neuen Reinigungsfirma, die seine Eltern gegründet hatten, um sich endlich selbständig zu machen.

Draußen begann es zu regnen. In der heraufziehenden Dämmerung sahen die Dächer auf der anderen Straßenseite noch grauer aus.

Fränkie drehte sich um und betrachtete das kleine Zimmer. Die Umzugskartons, der halb aufgebaute Schreibtisch und das Bett. Leere Wände mit weißer Raufasertapete.

Kurz entschlossen kramte Fränkie in einem Karton herum und holte Klebeband, Reißzwecken und seine Zeichnungen hervor. Er breitete alles auf dem Bett aus und begann die selbstgemalten Bilder mit den Monstern, Vampiren und Gespenstern aufzuhängen. An der Wand neben dem Bett, wie in seinem alten Zimmer.

Später am Abend, als Fränkie bereits im Bett lag und die kleine Nachttischlampe neben sich angeschaltet hatte, fühlte er sich schon etwas heimischer.

Bis Schulbeginn hatte Fränkie noch zwei Wochen Ferien. Genug Zeit, um die Umgebung kennenzulernen und ein paar neue Freunde zu finden. Vorm Einschlafen blätterte Fränkie in dem großen Monsterlexikon. Es war sein absolutes Lieblingsbuch. Auf 500 Seiten fand sich hier alles über Monster, Geister und Gespenster. Alphabetisch sortiert von A bis Z. Von Alien bis Zombie. Die Abhandlungen über Vampire in den Karpaten, die Spuren von Yetis im Himalaya und Berichte von sibirischen Werwölfen hatten etwas Beruhigendes. Fränkie konnte sie immer wieder lesen. Für andere Kinder wäre das irgendwann vielleicht langweilig gewesen. Aber nicht für Fränkie. Er hatte sich schon im Kindergarten in den Kopf gesetzt, später einmal einen Abschluss am Institut für Geisterwissenschaften zu machen. Er wollte ein berühmter Experte werden.

MONSTER
MONSTER

Aber heute Abend konnte Fränkie sich einfach nicht auf den Abschnitt über schottische Hochlandgespenster konzentrieren. Seine Gedanken kreisten um eine Frage: Was würden seine Eltern ihm morgen zum Geburtstag schenken? Hatten sich Mama und Papa vielleicht etwas ganz Besonderes einfallen lassen, nach dem, was Fränkie wegen des Umzugs alles mitmachen musste? Fränkie klappte das Monsterlexikon zu. Aus dem Wohnzimmer nebenan waren Geklapper und die Stimmen seiner Eltern zu hören.

KAPITEL 2

# IRGENDWAS MIT MONSTERN UND GESPENSTERN

Fränkies Vater balancierte die Kartons mit Raumsprays und Glasreinigern durch das vollgestellte Wohnzimmer. Die fünf Kartons mussten noch irgendwie auf den Stapel mit Innenraumputzmitteln. Schnaufend stapfte er durch das Chaos aus Koffern, Kisten und Kartons. Vor dem Sofa streifte er seine Hausschuhe ab und stieg in Socken auf die Sitzfläche. Schließlich wollte er die hellen Kissen nicht schmutzig machen.

«Bärchen, glaubst du, Fränkie schläft schon?», rief seine Frau aus der Küche.

«Ja, ich glaub schon, Schatzimaus. Ist ja schon spät», antwortete er.

«Weißt du, in welchem Karton der Vanillezucker und das Backpulver ist?»

«Keine Ahnung», antwortete er geduldig. Während er die fünf Kartons auf den deckenhohen

Stapel neben dem Sofa zubewegte, versuchte er, nicht das Gleichgewicht zu verlieren.

«Bärchen, hast du vielleicht irgendwo die Packung mit den Marshmallows gesehen?»

«Welche Marshmallows?», wiederholte er keuchend.

Seine Füße sanken langsam in die weichen Sitzkissen ein.

«Die mit dem Totenkopf drauf», kam es aus der Küche.

«Hast du mal bei den Töpfen und dem Kochkram nachgeschaut?» Mit seinen ausgestreckten Armen manövrierte er die Kartons auf den schwankenden Stapel zu.

«Ah ja, da sind sie ja», lachte die Stimme aus der Küche.

«Na, Gott sei Dank», seufzte Fränkies Vater.

Er hatte es geschafft, die fünf Kartons auf dem Stapel in der Ecke abzustellen. Ein Turm von beeindruckender Größe. Er hatte kurz geschwankt, aber alles schien zu halten.

Fränkies Papa ließ sich in das Sofa sinken.

«Du Schatzimaus, ich hätte jetzt auch Lust auf ein paar Marshmallows!»

«Aber Bärchen, die sind doch für Fränkies Geburtstagstorte!»

Er schluckte. Oh Gott, Fränkies Geburtstag!

In dem ganzen Umzugsstress hatte er doch glatt Fränkies Geburtstag vergessen.

«Hast du das Geschenk besorgt?», hörte er die Stimme aus der Küche.

«Aber klar doch, Schatzimaus. Hab ich. So gut wie. Ich bin schon dabei!», stammelte Fränkies Vater und schaute sich hastig um.

«Und was ist es?»

Fränkies Vater schnappte sich den Laptop und überlegte kurz.

«Äh! Irgendwas mit Monstern und Gespenstern.»

Er fuhr den Rechner hoch.

«Aber es ist was Besonderes? Etwas, was Fränkie noch nicht hat, oder?», fragte Fränkies Mutter. Dann schaltete sie den Küchenmixer an.

«Na klar doch», murmelte Fränkies Vater, während er «Gespenster und Geister» ins Suchfeld des Browsers eintippte.

Fränkies Vater glaubte nicht an Geister und Gespenster, aber er glaubte an Fränkie. Und er würde ihn überraschen. So viel stand ja mal fest. Auf die Suchanfrage folgten 50 Seiten mit Treffern. Fränkies Papa scrollte durch die ersten Seiten.

«Am Anfang kommt immer nur Werbung», murmelte er und überflog die Angebote. Gespenster-DVDs, Monster-PC-Games, Halloween-Zombies. Gruselclownmasken, Bücher mit Spukgeschichten, Monsterpuzzles und Kuschelgeister aus Stoff … Da war nichts dabei.

Fränkies Vater klickte sich weiter durch. Ganz unten auf Seite 7 der Trefferanzeigen hielt er plötzlich inne. Das hier sah interessant aus. «Spooky Palace», eine Geisterbahn der Extraklasse. Premium-Grusel für Liebhaber und Kenner. Sofort doppelklickte Frankies Papa den blinkenden Link. Auf dem Bildschirm leuchteten die Worte «Onlineversteigerung» auf und darunter das Schwarzweißfoto einer Geisterbahn.

Fränkies Vater runzelte die Stirn. Ein Schwarzweißfoto. Der Gruselpalast sah aus wie die Kulisse eines alten Horrorfilms. Die Geisterbahn war ziemlich heruntergekommen. Der große Balkon über dem Eingangsbereich wurde wohl nur noch von Spinnweben zusammengehalten. Die Gruselköpfe und Pappmonster oberhalb der Fassade schienen jederzeit abzustürzen. Und die meisten Glühbirnen der Leuchtanzeige auf dem Dach waren zerbrochen. Im Mauerwerk machten sich tiefe Risse breit. Fränkies Papa überlegte. Vielleicht waren die Risse auch nur aufgemalt, um den gruseligen Eindruck zu betonen. Fränkies Vater rieb sich das Kinn. Oder aber die Geisterbahn war einsturzgefährdet. Ob das das richtige Geschenk für Fränkie war? Aber als Fränkies Papa das aktuelle Gebot für den Spooky Palace sah, entspannten sich seine Gesichtszüge augenblicklich. Unter hundert Euro, das war ein echtes Schnäppchen. Da konnte man nichts falsch machen.

KAPITEL 3

# GEISTERKINDER ALLEIN ZU HAUS

Zamira und Terra-5-Augi kletterten hinter dem rostigen Wägelchen hervor. Wie jeden Abend waren das Vampirmädchen und der Außerirdische auf den Balkon des Spooky Palace geschlichen, um sich draußen umzuschauen.

Mit Einbruch der Dämmerung war ein schwacher Wind aufgekommen. Dünne Nebelschwaden waberten über das Gelände des verlassenen Vergnügungsparks. Das *Zu verkaufen*-Schild schaukelte quietschend hin und her. Besorgt bemerkte Zamira die verstreuten Müllsäcke und Autoreifen neben der Einfahrt. Der Maschendrahtzaun war eingerissen. Eigentlich sollte der Zaun ungebetene Besucher fernhalten. Aber jemand hatte seinen Müll auf dem Vorplatz entsorgt.

«Glaubst du, man hat uns entdeckt?», fragte Terra-5-Augi ängstlich.

Zamira spähte vorsichtig über das morsche Geländer.

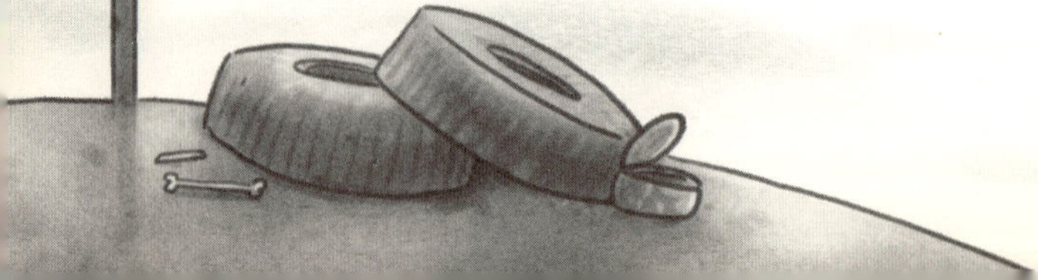

«Außer dem Müll ist nichts Auffälliges zu sehen. Alles menschenleer.»

«Dann lass uns wieder runtergehen, die anderen warten bestimmt auf uns», drängte Terra-5-Augi.

Zamira nickte. Beide huschten über die Schienen zurück ins Innere der Geisterbahn. Knarzend schloss sich die Tunneltür hinter ihnen. Über die steile Wendeltreppe stiegen sie tief hinab, bis runter in den Keller.

Dort warteten die anderen bereits ungeduldig.

«Habt ihr was gesehen?», fragte der Yeti.

«Alles ruhig. Niemand zu sehen», sagte Zamira.

Die Mumie und das sehr, sehr kleine Schlossgespenst schauten sich erleichtert an.

«Keine Spur von Geisterjägern!»

Zamira schnipste mit den Fingern Richtung Decke.

Eine dickliche Fledermaus kam heruntergeflattert und landete auf Zamiras Schulter.

«Anastasi, du alte Schlafmütze!» Zamira streichelte den Fledermauskopf.

«Umweltsünder schleichen hier rum und lassen überall Müll zurück.» Terra-5-Augi verdrehte seine fünf Augen genervt in alle Richtungen.

«Müllverschmutzung ist ein schlimmer Fluch», raunte die Mumie.

«Wir könnten den Umweltsündern ja mal auflauern und sie ordentlich erschrecken», meinte der Yeti und ballte die haarige Faust.

«Ja, das wäre eine tolle Abwechslung.» Das sehr,

sehr kleine Schlossgespenst fing begeistert an, Pirouetten in der Luft zu drehen.

«Gute Idee!», lachte Terra-5-Augie und begann wie ein Gummiball auf und ab zu hüpfen.

«Nein, nein! Das machen wir auf gar keinen Fall. Das ist viel zu gefährlich. Damit ziehen wir viel zu viel Aufmerksamkeit auf uns und verraten unser Versteck im Spooky Palace.» Zamira blickte alle streng an. «Habt ihr etwa schon vergessen, was unsere Eltern gesagt haben?» Mit trotzigen Schritten lief Zamira ans andere Ende des Kellergewölbes.

Alle schauten dem Vampirmädchen nach. Sie blieb vor einem uralten Kühlschrank stehen. Auf ein kurzes

Winken versammelten sich alle vor der bauchigen Kühlschranktür. Dort hing ein Zettel, der mit Spinnweben befestigt worden war. Auf dem vergilbten Papier stand in krakeliger Schrift:

«Liebe Monsterkinder,
da die Geisterbahn nun geschlossen worden ist und der Spooky Palace endgültig verkauft werden soll, haben wir beschlossen, uns auf die Suche nach neuen Jobs im Untergrund zu machen. Sobald wir genügend Geld verdient haben, werden wir wieder bei euch sein. Macht euch keine Sorgen. Allerspätestens in zwei Wochen sind wir wieder da. Solange vertrauen wir darauf, dass ihr selbständig und alt genug seid, euch auch mal alleine zu versorgen. Verhaltet euch unauffällig, so wie wir es euch beigebracht haben. Hier im Kühlschrank findet ihr eure in Plastik abgepackten Lieblingsmahlzeiten (sollte das nicht reichen, schaut in der Tiefkühltruhe nach, in der sonst die Yetis schlafen. Da haben wir auch noch einiges verstaut).

Viele Monsterbussis,
eure Eltern (Yetidad, Yetimum, Mumienmummy, Gespenstermutti und Papi etc.)

P.S.: Wie ihr wisst, wimmelt es da draußen von Geisterjägern und anderen Verrückten! Also seid bitte wachsam und lasst euch nicht erwischen!
P.P.S.: Noch eine Nachricht für unser süßes kleines Yetibaby, wir vermissen dich jetzt schon! Solang wir weg sind, darfst du in der Höhle unter der Treppe bei den anderen schlafen, Küsschen von Yetimum & Yetidad

Der Yeti, der keineswegs mehr wie ein kleines, süßes Baby aussah, sondern eher wie ein ausgewachsener Berggorilla mit langem, weißem Fell, fing an zu schluchzen.

«Mensch Yeti, deine Eltern kommen doch bald wieder.» Zamira klopfte dem Yeti auf den Rücken.

«Ja, bestimmt. Ganz bestimmt, dauert höchstens noch ein bisschen», versuchte das sehr, sehr kleine Schlossgespenst zu trösten. Mit seiner winzigen Hand tätschelte es den Kopf des Yeti.

Terra-5-Augie sah die Mumie an. Alle schwiegen. In die Stille hinein hörte sich Zamira zu ihrer eigenen Überraschung mit energischer Stimme rufen:

«Hey Leute, jetzt ist aber langsam Zeit fürs Essen. Es ist bald Mitternacht, und ihr habt doch sicher Hunger. Also, wer ist mit Tischdecken dran?»

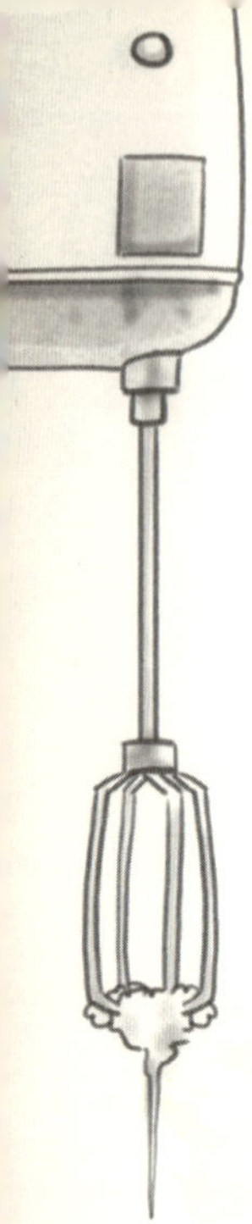

KAPITEL 4

# ZUCKERGUSS UND AUKTIONSFIEBER

«Aber Bärchen, findest du nicht, dass diese Geisterbahn etwas heruntergekommen aussieht?» Fränkies Mutter sah ihren Mann vorwurfsvoll an.

Fränkies Vater räusperte sich nervös.

«Ja, ich geb ja zu, Schatzimaus, so ganz neu sieht sie nicht aus. Aber der erste Eindruck täuscht. Auf den zweiten Blick hat diese gespenstische Baufälligkeit doch was. Das sieht aus wie aus einem alten Hollywoodgruselfilm. Genau das wird Fränkie mögen. Er wird vor Freude ausflippen, wenn er das sieht, glaub mir. Das ist definitiv das perfekte Geburtstagsgeschenk für ihn! Hundertpro.»

Fränkies Mutter rührte in der Schüssel mit Buttercreme. «Hmm … meinst du wirklich, Bärchen?», fragte sie.

Fränkies Vater schob sofort ein neues Argument hinterher: «Hast du gesehen, wie groß diese

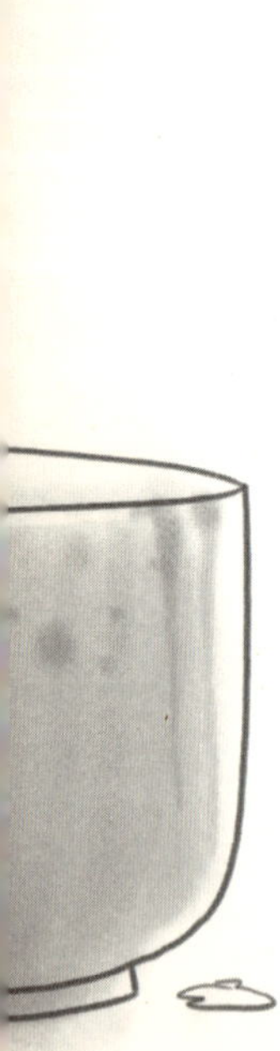

Geisterbahn ist? Über 2000 Quadratmeter! Weißt du, was das heißt?»

Fränkies Mama schüttelte den Kopf.

«Das heißt, da ist nicht nur jede Menge Platz für Fränkie, damit er Geisterbahn spielen kann. Sondern da ist auch jede Menge Platz, um einen Lagerraum für unsere Reinigungsfirma einzurichten. Für die Putzmittel, den neuen Hochdruckreiniger und den Spezialstaubsauger. Das wäre eine gute Lösung für die ganze Familie.»

Beim Anblick der Kartonstapel und aufgetürmten

Kisten um sie herum nickte Fränkies Mama begeistert.

«Du hast recht, das wäre toll. Aber was ist mit dem Preis, wie teuer ist denn diese Geisterbahn?»

Fränkies Vater ließ sich ins Sofa sinken und grinste breit.

«Schatzimaus, das ist das Beste an der ganzen Sache! Der Spooky Palace ist spottbillig. Seit einer Stunde gibt es nur ein einziges Kaufgebot. Und das steht bei lächerlichen 97,27 Euro. Ist das nicht unglaublich!»

«Das ist unglaublich!», wiederholte Fränkies Mutter.

«Ja, das ist unglaublich!», trällerte Fränkies Vater.

Fränkies Mutter zog die Augenbrauen hoch.

«Kaum zu glauben. Das ist ja ein echtes Schnäppchen!» Sie klatschte in die Hände.

Fränkies Vater tauchte den Zeigefinger in die Buttercreme.

«Nicht doch, Bärchen», rügte seine Frau mit gespielter Strenge.

«Lecker, Schatzimaus. Megalecker!», schmatzte Fränkies Vater.

«Und wie lange läuft diese Versteigerung noch?»

«Noch bis fünf Uhr morgens. Noch dreieinhalb Stunden, dann hab ich sie. So lange halte ich aus.»

«Hoffentlich kriegst du die Geisterbahn auch!»

«Aber sicher doch, Schatzimaus. Du kennst mich ja!

Wenn ich mir mal was in den Kopf setze, dann ziehe ich das auch durch. Da kenn ich nix!»

«Schmatzer, mein Bärchen!» Fränkies Mama deutete einen dicken Kuss an.

«Schmatzer, Schatzimaus! Das wird der perfekte Geburtstag mit dem perfekten Geschenk und der perfekten Geburtstagstorte!», schnurrte Fränkies Papa.

«Ja, für die perfekte Familie!» Fränkies Mama tänzelte zurück in die Küche.

Papa schaute ihr breit lächelnd hinterher. Dann holte er tief Luft, beugte sich mit einem konzentrierten Ausdruck über den Laptop und ließ die Versteigerungsseite nicht mehr aus den Augen.

KAPITEL 5

# VAN FELSING UND CO.

Seit Stunden hockte Dr. van Felsing vor der Monitorwand in seiner Geisterjäger-Agentur. Immer wieder verglich er die Ergebnisse des Ghostscanners mit dem Stadtplan. Jedes Mal zeigte der Scanner nur auf dem Gelände des alten Vergnügungsparks hohe Geisterwerte an. Und zwar genau dort, wo sich die Geisterbahn Spooky Palace befand.

Dr. van Felsing vergewisserte sich noch mal, dass sich auf der Versteigerungsseite nichts verändert hatte. Sein Gebot war nach wie vor das höchste. Noch eine halbe Stunde bis zum Ende der Versteigerung.

Dr. van Felsing richtete sich in seinem Bürostuhl auf und streckte sich durch. Seine müden Augen suchten die Bilderrahmen an der Wand neben den Regalen ab. Der vertraute Anblick seines bestandenen Geisterjägerdiploms gleich neben dem Diplom und dem Foto seines Vaters und dem Diplom und dem Foto seines Großvaters erfüllte Dr. van Felsing jedes Mal mit feierlichem Stolz. Und er genoss das Gefühl, Spross einer alten Geisterjägerfamilie zu sein.

«Verdammt noch mal!», fluchte eine Stimme aus dem Labor nebenan. Die Luft war stickig. Eine schwefelgelbe Dampfwolke kroch durch die Agentur.

«Du machst doch hoffentlich alles so, wie es auf dem Rezept steht, das ich dir gegeben habe?», rief Dr. van Felsing in Richtung Labor. Das Labor war eigentlich eine kleine umgebaute Küche, in der sein neuer Assistent Alfred mit der Zubereitung von Geisterfangschleim beauftragt war.

«Null Problemo, alles supi! Hab nur was verwechselt», rief die Stimme aus dem Labor.

«Das Geisterfangschleimrezept der Van Felsings hat sich seit Generationen bewährt. Also halt dich an die Dosierungen und versuch nicht herumzuexperimentieren.»

«Mach ich ja gar nicht! Hat halt irgendwie nicht geklappt! Aber ich probier's gleich noch mal!»

«Keine Experimente, verstanden?»

«Ja, ja. Keine Experimente!»

«Immer schön vorsichtig sein!»

«Ja, ja. Immer schön vorsichtig sein. Weiß ich doch!»

Dr. van Felsing verdrehte genervt die Augen. Diesen Alfred durfte man eigentlich keinen Augenblick unbeobachtet lassen. Er war der einzige Kandidat gewe-

URKUNDE
ZEUGNIS:

sen, der sich auf die Stelle als Assistent in Dr. van Felsings Geisterjäger-Agentur gemeldet hatte. Gut, er war nicht besonders intelligent, aber schien lernwillig, ja interessiert und erfüllte gewisse körperliche Voraussetzungen. So eignete sich Alfred hervorragend für das Heben von mittelschweren Objekten. Auch kleine Botengänge hatte er bislang zufriedenstellend erledigt. Dr. van Felsing seufzte. Aber für alles andere musste man unendliche Geduld mit diesem Assistenten haben.

Noch dreieinhalb Minuten bis zum Ende der Versteigerung. Dr. van Felsing rieb sich die Schläfen. Sicherheitshalber erhöhte er sein letztes Gebot um einen Cent.

«Man kann ja nie wissen», kicherte er in sich hinein. Hundertdreiunddreißig Euro und ein Cent. Dr. van Felsing war sich sicher, das würde reichen.

Da erschütterte ein dumpfer Knall die Agentur. Die Monitorwand zitterte.

«Menno, menno, menno», rief die Stimme verzweifelt.

Noch mehr Schwefelschwaden quollen aus dem Labor. Dr. van Felsing drehte sich um. Die Zimmerpflanzen in der Ecke hatten ihre Blätter verloren.

«Kann man dich denn keine Minute alleine lassen», schrie Dr. van Felsing und sprang aus dem Bürostuhl. Hustend kämpfte er sich durch den dicken Qualm ins

Labor. Beim Anblick des übergekochten Geisterfangschleims und seines überforderten Assistenten raufte sich Dr. van Felsing die Haare. Kurz entschlossen riss er Alfred die Schutzbrille vom Kopf, setzte sie sich selber auf und zog die dicken Handschuhe an.

Um Punkt fünf Uhr morgens gelang es Dr. van Felsing, den zylindrischen Kupfertopf mit verbranntem Geisterfangschleim vom rauchenden Herd zu ziehen.

«Geschafft!», seufzte er erschöpft.

KAPITEL 6

# HAPPY BIRTHDAY!

«Drei, zwei, eins, meins!» Fränkies Vater reckte beide Arme in die Luft. «Yes, yes, yes!»

«Was is los?», fragte seine Frau verschlafen vom anderen Ende des Sofas.

«Wir haben sie, Schatzimaus!»

«Wen?»

«Na die Geisterbahn! Den Spooky Palace.»

«Ach so», murmelte seine Frau und drehte sich um, um weiterzuschlafen.

«Oh yes, yes, yes», jubelte Papa leise.

In allerletzter Sekunde hatte er sein Gebot über 133,33 € platziert und damit den einzigen Mitbieter aus dem Feld gekickt. Und jetzt zeigte ihn die Versteigerungsseite als neuen Besitzer des Spooky Palace an. Er hatte die Versteigerung gewonnen.

Dafür hatte es sich gelohnt, bis fünf Uhr morgens wach zu bleiben. Gähnend überwies Fränkies Papa das Geld und beschloss dann doch noch ein wenig zu schlafen. Aber gerade als ihm die Augen zufielen, weckte ihn das Pling des Postfachs, das den Eingang einer E-Mail ankündigte. Müde beugte sich Fränkies Vater über den Laptop. Die Mail enthielt eine förmliche Gratulation zur gewonnenen Versteigerung und einen Hinweis darauf, dass der Schlüssel unter der Fussmatte vorm Eingang zu finden sei. «Und eine Besitzurkunde im Anhang. Zum Ausdrucken. Sehr schön. Alles in Ordnung», murmelte Fränkies Vater, ehe er endgültig in die Sofakissen sank und augenblicklich einschlief.

Es war schon hell, als ihn seine Frau mit einem energischen «Aufstehen, Bärchen!» weckte. Während sich Fränkies Papa müde aus dem Sofa kämpfte, präsentierte ihm seine Frau die Geburtstagstorte.

Er rieb sich die Augen. So was hatte er noch nicht gesehen! Ein beeindruckender Kuchen mit einer Zuckergusslandschaft aus Lakritz-Skeletten, Gummibärchen, Marshmallow-Monstern und neun Kerzen.

«Na, wie findest du's?», fragte seine Frau.

«Unglaublich, Schatzimaus, das ist ein Kunstwerk.»

«Die perfekte Gruselgeburtstagstorte?»

«Definitiv, Fränkie wird begeistert sein!»

«Komm! Lass uns das Geburtstagskind wecken.»

«Gleich, ich druck nur noch schnell die Urkunde für die Geisterbahn aus!»

Kurz darauf balancierten Fränkies Eltern die riesige Geburtstagstorte zum Kinderzimmer. Vorsichtig drückte Fränkies Mutter den Türgriff nach unten und spähte hinein. Fränkie schien noch zu schlafen.

Auf Zehenspitzen transportierten sie die Torte zu Fränkies Bett, und auf ein geheimes Zeichen schmetterten sie los:

«Happy birthday to you. Happy birthday to you. Happy birthday, lieber Fränkieee, happy birthday to you.»

Fränkie war sofort wach. Und bei «Wie schön, dass du geboren bist, wir hätten dich sonst sehr vermisst» saß er senkrecht im Bett! Die Augen weit aufgerissen. Diese Torte war einfach unglaublich!

«Achtung, ich puste!» Fränkie holte tief Luft und blies eine Kerze nach der anderen aus.

«So, und jetzt die Geschenke», sagte Fränkie und klatschte in die Hände.

Fränkies Vater räusperte sich feierlich, während Fränkies Mama den Kuchen auf einem Umzugskarton abstellte.

«Nun, lieber Fränkie, wir haben ein Geschenk für dich, das auf den ersten Blick vielleicht etwas spärlich wirkt, aber … Tataaaa!» Mit einer ausholenden Bewegung hielten

seine Eltern Fränkie die Besitzurkunde des Spooky Palace vor die Nase.

«Was ist das?», fragte Fränkie, während er versuchte, die verschnörkelte Schrift zu entziffern.

«Das, lieber Fränkie, macht dich zum Besitzer einer Geisterbahn.»

Fränkie schaute seine Eltern ungläubig an.

«Einer Geisterbahn?» Er schluckte. «Einer echten Geisterbahn?»

«Jawoll, ganz echt mit Wägelchen, Spuktunnel, Gruselkabinett, mit Monstern und Gespenstern. Eben mit allem Drum und Dran, was man als Gruselfan so braucht!», lachte Fränkies Mutter.

«Boah, krass. Eine Geisterbahn ...», murmelte Fränkie. Plötzlich sprang er aus dem Bett und stürmte auf seine Eltern zu. «Ein tolles Geschenk! Danke, danke! Meine eigene Geisterbahn – das ist der Wahnsinn!!»

Fränkie machte eine scharfe Linkskurve und tanzte jubelnd um die Eltern herum, wie ein Fussballstürmer nach einem Hattrick im Finale.

«Papa hat sie im Internet ersteigert. Ist zwar am anderen Ende der Stadt, etwas abgelegen, und nicht ganz neu ...», versuchte Fränkies Mama noch zu erklären, aber Fränkie hörte gar nicht richtig zu. Er hüpfte und schrie nur noch: «WAHNSINN, WAHNSINN!»

«Wusste ich doch, dass sich der Junge freuen würde», grinste Papa zufrieden und schleckte etwas lilafarbenen Zuckerguss von seinem rechten Daumen.

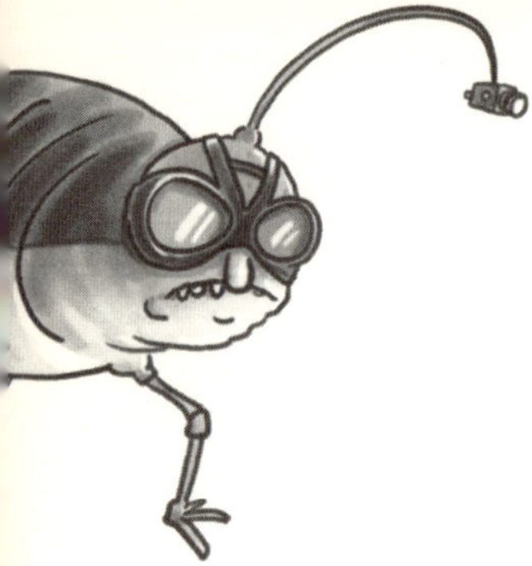

KAPITEL 7

# FANGSCHLEIM UND INFRAROTKAMERA

«Verdammt! Jetzt ist der Spooky Palace weg! Jemand anders hat die Geisterbahn ersteigert!» Wild fuchtelnd stand Dr. van Felsing mit seinem Assistenten vor der Monitorwand. «Und das alles nur, weil du nicht mal in der Lage bist, einen Topf Schleim zu kochen! Wenn Unfähigkeit Flügel hätte, könntest du bis zum Mond fliegen! Ach was, bis zum Mars.»

Alfred kaute schuldbewusst auf seiner Unterlippe.

«Und wenn wir eine andere Geisterbahn kaufen?», schlug er vor.

«Eine andere Geisterbahn kaufen, eine andere Geisterbahn kaufen.» Dr. van Felsing verdrehte aufgebracht die Augen. «Kapierst du denn gar nichts? Das war eine einmalige Gelegenheit, echte Geister zu fangen! Der Ghostscanner hat dort eine erhöhte Konzentration von Gespenstern und paranormale Aktivitäten angezeigt. Dort und nur dort. Und mit dem Kauf der Geisterbahn hätten wir alle Zeit der Welt gehabt, uns der Sache zu widmen, die Geister zu fangen und wissenschaftlich zu untersuchen! Es kann Jahre, ach was, Jahrzehnte dauern, bis so eine Chance wiederkommt!»

Alfred zog seine Schultern hoch und murmelte: «Sorry.»

Stöhnend ließ sich Dr. van Felsing in den Bürostuhl fallen und schloss die Augen. Was hätten wohl sein Vater und sein Großvater in so einer Situation gemacht? Er überlegte angestrengt.

Währenddessen versuchte Alfred, mit einem Klebestift die heruntergefallenen Blätter wieder an den Zimmerpflanzen zu befestigen. Vergeblich.

Dr. van Felsing vergrub sein Gesicht in den Händen. Oh, dieser Alfred! Es war nicht zu fassen! Plötzlich sprang er aus dem Stuhl und sagte energisch: «Los. Wir fahren zum Spooky Palace.»

Alfred schaute ihn verdattert an. «Jetzt sofort?»

«Ja, sofort, damit wir noch vor dem neuen Besitzer in der Geisterbahn sind und uns dort unauffällig umschauen können!»

«Verstehe», meinte Alfred eifrig.

«Gut, dann hol die Fangnetze und pack sie ins Geistermobil.» Dr. van Felsing ging zum Regal und nahm die ferngesteuerte Blechwanze heraus, die er sich im Internet bestellt hatte. «Das ist eine neue Spezialerfindung aus China. Mit diesem süßen Insekt kann

man so ziemlich alles ausspionieren, was man sich nur vorstellen kann.»

Dr. van Felsing begutachtete die Wanze mit leuchtenden Augen. Sie sah aus wie ein ungewöhnlich hässliches Insekt, aber sie hatte eine hochauflösende

360-Grad-Infrarotkamera auf dem Kopf, die sich ausfahren ließ.

«Soll ich auch den Geisterfangschleim mitnehmen?», fragte Alfred emsig.

«Nein, Hände weg vom Schleim, Alfred!» Dr. van Felsing hob drohend den Zeigefinger. «Nichts darf den Umwandlungsprozess seiner Bestandteile stören!»

Wenig später waren die beiden im Geistermobil auf dem Weg zum Spooky Palace. Gegen Mittag parkten sie auf dem Gelände des alten Vergnügungsparks.

Dr. van Felsing kletterte vom Fahrersitz in den hinteren Teil des Wagens. Dort hatte er eine Kommandozentrale eingerichtet. Er schaltete die Fernsteuerung und den Bildschirm ein. Inzwischen setzte Alfred die Wanze draußen aus. Dann verfolgten die Geister-

jäger am Monitor, wie sich die Wanze über die breite Treppe der Eingangstür des Spooky Palace näherte. Die Kamera der Wanze zeigte ein Schild mit der Aufschrift «Eintritt verboten!». Hier gab es kein Eindringen. Aber etwas links neben dem Türrahmen hatte Dr. van Felsing einen Riss in der Mauer ausgemacht. Mit der Fernsteuerung bewegte er die Blechwanze in den schmalen Ritz. Einige Sekunden lang blieb der Bildschirm komplett schwarz.

Alfred hielt den Atem an, aber nachdem Dr. van Felsing den Restlichtverstärker zugeschaltet hatte, erschien die pixelige Innenansicht des Spooky Palace: brüchige Holzdielen, rostige Geisterbahnwagen, links und rechts davon Türen und überall Staub und Spinnweben.

«So, jetzt sind wir drin», lachte Dr. van Felsing zufrieden. «Mal schauen, wo sich die Monsterchen versteckt haben.»

KAPITEL 8

# BLUTORANGE UND KALTES YAK

Der Yeti stocherte lustlos in den gefrorenen Yakfleischbällchen herum. Die Mumie schob den Teller Kaliumnitrat-Eintopf beiseite. Auch Terra-5-Augi und das sehr, sehr kleine Schlossgespenst hatten keinen Appetit.

Zamira nippte an dem halbleeren Glas Blutorangensaft. Die Idee mit dem gemeinsamen Essen hatte die Stimmung nicht verbessern können. Irgendwas musste Zamira doch einfallen, um die Freunde wieder auf andere Gedanken zu bringen.

Sie ließ ihren Blick durch das Kellergewölbe schweifen. Da fiel ihr das kunstvoll verzierte Eisengerüst neben der Pendeluhr auf. Die Schaukel, das war es.

«Wer hat Lust, ein bisschen zu schaukeln?», fragte Zamira in die Runde.

Alle schauten sie an.

«Na los, es ist Zeit, sich mal ein bisschen zu bewegen. Wer hilft mit, die Schaukel zu holen?» Zamira sprang auf.

«Ich bin dabei.» Terra-5-Augi schob seinen Stuhl zur Seite.

«Na gut, dann mach ich auch mit», sagte das sehr, sehr kleine Schlossgespenst.

Der Yeti zupfte an der Mumie. «Los, was ist mit dir, Schaukeln macht Spass!»

Nun erhob sich auch die Mumie von ihrem Stuhl. Zusammen schoben sie den langen Holztisch beiseite und holten die eiserne Schaukel. Als Erste setzte sich Zamira darauf. Unter den Anfeuerungsrufen schwang sie hin und her. Dann schubste sie auch noch der Yeti

an. Immer höher schaukelte Zamira, bis sie mit den Fußspitzen die Kellerdecke berührte.

Im Nu wurde daraus ein Spiel mit zwei Mannschaften. Das Team Zamira mit Yeti gegen das Team Mumie, Terra-5-Augi und das sehr, sehr kleine Schlossgespenst. Die Gedanken an Geisterjäger waren plötzlich wie verflogen. Und auch ihre abwesenden Eltern waren vergessen. Alle wollten nur noch beim Schaukeln gewinnen und mit den Zehen am Kellergewölbe des Spooky Palace kratzen. Das wilde Pendeln ließ die Ketten der Schaukel klirren.

Nach hundertvier Runden stand es noch immer unentschieden. Die Mumie machte mit der bandagierten Hand ein Pausezeichen. Sie hatte keine Puste mehr.

«Was, schon Schluss?», stichelte der Yeti.

In diesem Augenblick war ein lautes Pochen zu hören.

«Was ist das?», fiepte das sehr, sehr kleine Schlossgespenst besorgt.

Auch der Yeti war vor Schreck wie gelähmt.

Das Pochen wurde stärker. So stark, dass der Geschirrstapel auf dem Holztisch zitterte. Jemand hämmerte an die Tür des Spooky Palace.

Zamira stemmte die Hände in die Hüfte. «Ich schaue nach, was da oben los ist. Ihr versteckt euch und seid mucksmäuschenstill.»

Schnell zischten der Yeti, die Mumie und das sehr, sehr kleine Schlossgespenst in die Pendeluhr. Nur Terra-5-Augi bewegte sich nicht von der Stelle.

«Was ist los? Versteckst du dich nicht?», fragte Zamira.

«Nein, ich gehe mit dir mit. Sieben Augen sehen mehr als zwei!»

«Lass uns oben vom Dach nachschauen, wer das ist.»

Zamira rannte über die Wendeltreppe ins Obergeschoss. Terra-5-Augi folgte ihr. Dann kletterten

sie aus einem Schrank und liefen durch den Tunnel hinauf ins Dachgeschoss. Oben angekommen öffnete Zamira eine Dachluke, die beiden spähten nach draußen.

Sie sahen zwei Gestalten, die an der Eingangspforte standen und sich am Türschloss zu schaffen machten.

«Was siehst du? Wie viele sind es?», fragte Zamira.

«Ein Mann und eine Frau», sagte Terra-5-Augi. «Keine Ahnung, wer das ist. Aber sie versuchen, hier reinzukommen.»

Vorsichtig beugte sich Terra-5-Augi noch ein Stück weiter vor und bemerkte den Jungen, der am Treppenabsatz stand.

KAPITEL 9

# FLEDERMAUS UND BLECHWANZE

«Mit Gefühl, Bärchen. Mit Gefühl und nicht mit Gewalt», erklärte Fränkies Mama, während sie den langen Schlüssel im Türschloss beharrlich von links nach rechts drehte.

«Aber Schatzimaus, dieses verflixte Schloss ist so was von verrostet, da hilft nur draufhämmern. Und wenn gar nichts geht, muss man dagegen treten! Nur so kommt man da rein.»

«Von wegen, damit erreichst du gar nichts. Ich kenne diese alten Türschlösser. Meine Urgroßtante hatte auch so eins! Man muss den Schlüssel hin und her drehen, und wenn er einrastet, dann muss man … den Griff etwas anheben und klack!»

«Aha, klack …», meinte Fränkies Papa mitleidig.

Tatsächlich machte es in dem Moment *klack*, und die schwere Holztür gab ächzend nach.

«Na, was hab ich gesagt!», grinste Fränkies Mama.

«Schatzimaus, du bist phantastisch!», staunte Fränkies Papa und gab seiner Frau einen Kuss.

Fränkie betrachtete lieber die Monsterköpfe oben am Dach der Geisterbahn. Plötzlich hatte er das Gefühl, als würde er beobachtet. Er kniff die Augen zusammen. Da oben hatte sich doch gerade etwas bewegt! Da war er ganz sicher.

«Fränkie, wo bleibst du? Los, komm rein, das wird dir gefallen», rief sein Vater.

Mama hatte mittlerweile auch den Lichtschalter gefunden, und ein Kronleuchter erhellte die große Eingangshalle. «Ist zwar kein Kristallglas, aber trotzdem schick», sagte Fränkies Mutter und schaute sich um.

«Guck mal, Fränkie, sind die nicht klasse, damit können wir ein paar Runden drehen.» Fränkies Vater hopste in einen der Wagen, der bedrohlich zu schwanken begann.

«Aber erst werden wir hier mal richtig aufräumen, Bärchen.» Fränkies Mutter zupfte an einem verschmutzten Vorhang herum. Staubwolken fielen von der Decke.

«Da hast du recht, Schatzimaus. Erst mal machen wir hier sauber und vertreiben den alten Muff. Wozu haben wir schließlich eine eigene Reinigungsfirma?» Fränkies Vater kletterte hüstelnd aus dem Wagen. Er klopfte sich Staub und Spinnweben vom Ärmel. «Da muss ich mit dem neuen Hochdruckreiniger ran. Und danach kommt noch der amerikanische Spezial-

staubsauger zum Einsatz!», sagte er mit leuchtenden Augen.

«Für die Holzdielen nehmen wir diese phantastische Spezialpolitur mit Nanoteilchen. Die aus Japan!», jubelte seine Frau.

«Superidee, Schatzimaus! Und vorher tragen wir den Power-Schaum für Innenräume auf.»

«Etwa den mit Lotusblatteffekt, Bärchen?»

Fränkie Papa nickte und legte den Arm um seine Frau. «Schatzimaus, dieser Palast wird glänzen und strahlen, blitzen und funkeln! Das hier wird ganz großes Kino. Das wird Hollywood.»

Fränkie begutachtete die Decke der Eingangshalle. Sie war einer Tropfsteinhöhle nachgebildet. Kreuz und quer hingen zapfenartige Gebilde von der Decke. Mittendrin fiel Fränkie eine dickliche Fellkugel auf. Unvermittelt riss die Kugel zwei Augen auf und ließ sich wie ein Klumpen Fallobst zu Boden fallen. Im letzten Augenblick breitete die Kugel zwei Flügel aus und legte eine elegante Kurve hin. Die Fledermaus flog über Fränkies Kopf hinweg und verschwand in einen angrenzenden Raum.

Fränkie nahm die Verfolgung auf.

Die Fledermaus schwebte in einen weiteren, dunklen Raum davon. Fränkie versuchte, sie nicht aus den Augen zu verlieren Erst als er ein blechern knirschendes Geräusch hörte, bremste er ab. Verwundert schaute er zum Boden. Irgendein zerquetschtes Ding hing an seiner Schuhsohle. Es sah aus wie eine Mischung aus Insekt und Blechspielzeug. Fränkie warf das Ding beiseite und setzte die Verfolgung der dicken Fledermaus fort.

Doch jetzt war sie nirgends zu sehen. Wie vom Erdboden verschluckt. Fränkie suchte den ganzen

Raum ab. Drei Stühle, ein Sessel, eine Truhe, eine Leiter in der Ecke, daneben ein Regal, weiter hinten ein Schrank im Halbdunkel. Wo war die Fledermaus hin? Fränkie überlegte. Aus der Eingangshalle drangen die vertrauten Stimmen seiner Eltern. Sie waren damit beschäftigt, den Staubsauger in die Geisterbahn zu schleppen. Gerade als Fränkie umkehren wollte, flatterte der kugelige Körper mit den Flügeln auf den Schrank zu und verschwand darin. Fränkie sprang hinterher und riss die Schranktür ganz auf.

Dicht an dicht hingen dort verstaubte Kostüme auf einer Kleiderstange. Als Fränkie die Kleider auseinanderschob, erlebte er eine Überraschung. Dieser Schrank hatte keine Rückwand. An seiner Rückseite befand sich eine Öffnung! Es war ein Loch im Mauerwerk, das in einen dunklen Gang führte.

Einen Augenblick zögerte Fränkie, ob er da hineinklettern sollte. Die Öffnung in der Wand war zweifellos der Eingang zu einem Versteck. Wer ein Versteck benutzte, wollte nicht gefunden werden. Aber wer versteckte sich dort? Was würde ihn da erwarten?

Fränkie kaute auf seiner Unterlippe. Er holte tief Luft und stützte die Hände an der Mauer ab. *Ich bin neun Jahre alt und habe heute eine Geisterbahn geschenkt bekommen. Ich möchte wissen, was sich alles für Geheimnisse in meinem Geschenk verbergen.* Entschlossen stieg Fränkie durch das Loch in der Wand.

KAPITEL 10

# HEISSE SPUR, KALT ERWISCHT

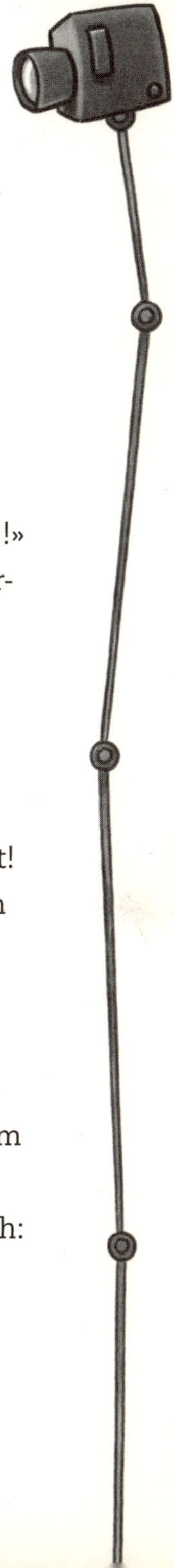

«Dieser Junge, dieses Bürschlein, dieser Knilch! Er hat unsere schöne Wanze einfach plattgemacht!!» Alfred sprang auf und beugte sich über den schwarzen Monitor. «Zerquetscht, zusammengepresst unnnndd ...!» Er stampfte demonstrativ mit dem Fuß auf. «Zerstört!»

«Egal! Halb so schlimm!», sagte Dr. van Felsing.

Verwundert setzte sich Alfred und seufzte matt.

«Ich bestelle einfach wieder ein neue im Internet! Hauptsache, wir haben jetzt alles auf Film.» Dr. van Felsing ließ seine Finger über die Tastatur tanzen. Im Schnelldurchlauf spulte er die Filmaufnahmen der Blechwanze zurück. Bis zu der Stelle, an der man Zamira und Terra-5-Augi in den Schrank klettern sah. Dann drückte er auf Play und ließ den Film abspielen.

Alfred kratzte sich am Kopf und fragte schließlich: «Doktor, was ich mich schon die ganze Zeit frage:

Was ist das für ein komisches Ding da, neben dem komischen Mädchen?»

Dr. van Felsing drückte auf Pause und erklärte oberlehrerhaft: «Mein lieber Alfred, du musst noch viel lernen!» Er zoomte ins milchig blasse Gesicht von Zamira. «Erstens ist das kein komisches Mädchen. Sondern ein Vampir.»

Der Bildausschnitt zeigte nun die spitzen Zähne in den Mundwinkeln.

«Und zweitens ...», ergänzte Dr. van Felsing gedehnt und verschob den Zoom auf Terra-5-Augi. «... ist das Ding, das wie ein gelber Tintenfisch auf zwei Beinen aussieht – »

«Genau, wie ein Tintenfisch, nur halt verkehrt herum, mit fünf Tentakeln in der Luft. Und an den Tentakeln sind Glupschaugen dran, die er dann so kreisen lassen kann. Ungefähr so ...» Alfred bewegte die Arme über seinem Kopf wie eine indische Tempeltänzerin.

Dr. van Felsing funkelte ihn ungeduldig an. «Dieses Wesen ist alles Mögliche, aber kein gelber Tintenfisch.»

«Schade!» Alfreds Stimme klang enttäuscht.

«Ich vermute, es handelt sich bei der Kreatur um das Ergebnis eines missglückten Experiments. Eine Art Mutant. Vielleicht auch ein Alien. Sobald wir ihn gefangen haben, werden wir ihn klassifizieren.»

Dr. van Felsing drückte wieder auf Play. Zamira und Terra-5-Augi waren im Schrank verschwunden. Ein paar Minuten lang war nichts zu sehen. Dann kam eine Fledermaus und flatterte hinein.

Die Kamera der Blechwanze änderte die Position. Jetzt sah man einen Jungen auf die Blechwanze zulaufen. Der Junge kam näher, seine Füße wurden immer größer. Bis die Schuhsohlen den ganzen Bild-

schirm einnahmen. Dann gab es ein scheußliches Knirschen.

«Oh, nicht schon wieder!»

Alfred hielt sich die Ohren zu.

Der Monitor war schwarz.

«So weit, so gut», brummte Dr. van Felsing. Dann drückte er den Schalter für die Außenkamera. Auf dem Dach des Geistermobils öffnete sich eine Klappe, und eine bewegliche Kamera wurde ausgefahren. Alfred beugte sich zum Monitor, auf dem wieder ein neues Bild aufleuchtete. Der Platz vor der Geisterbahn war zu erkennen. Dr. van Felsing zoomte auf den Lieferwagen, der dort parkte, bis er den Schriftzug auf dem Wagen lesen konnte.

«Mitschreiben, Alfred», sagte er kurz und las langsam vor:

«*Clean me up, Potzputzblitz. Vierundzwanzig-Stunden-Reinigungsservice. Inhaber: M. und F.E.N. Stein. Sauberer wird's nimmer.* Hast du's?»

Alfred nickte eifrig und fragte: «Und was machen wir jetzt? Sollen wir sie uns alle schnappen und dann wissenschaftlich untersuchen?»

Dr. van Felsings Augen funkelten kurz bei diesem Gedanken. Dann ging er nach vorne zum Fahrersitz. «Nein, jetzt fahren wir zurück in die Agentur und bereiten alles vor für unseren nächsten Besuch, den wir der Geisterbahn abstatten werden.»

«Herr Doktor, wann werden wir diese Wesen einfangen?», fragte Alfred ungeduldig.

«Bald. Sehr bald», raunte Dr. van Felsing und startete den Motor des Geistermobils.

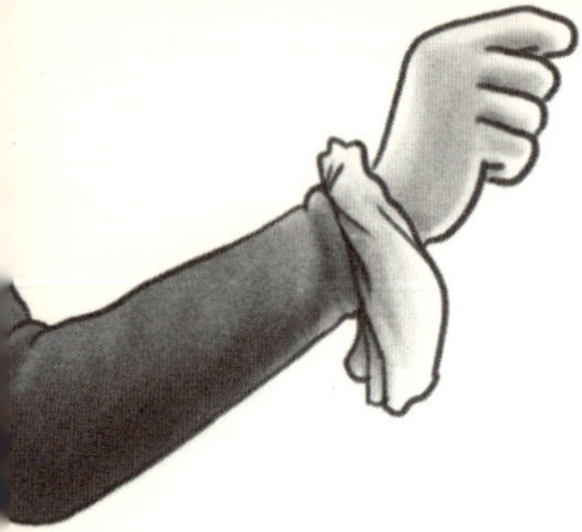

KAPITEL 11

# HILFE, EINDRINGLINGE!

Zamira klopfte dreimal kurz und zweimal lang gegen die Pendeluhr.

Einen Augenblick später öffnete sich die große Glastür. Hinter der dünnen Holzwand und dem Pendel drängten sich der Yeti, die Mumie und das sehr, sehr kleine Schlossgespenst zusammen.

«Schnell, lasst uns rein, es sind Eindringlinge in der Geisterbahn», sagte Terra-5-Augi.

«Wir haben zwei Erwachsene und einen Jungen gesehen. Sie versuchen die Tür aufzukriegen.» Zamira half Terra-5-Augi über die Holzkante ins Innere zu klettern.

«Sind das die Geisterjäger?», fragte das sehr, sehr kleine Schlossgespenst mit zitternder Stimme.

«Keine Ahnung, aber die sahen eigentlich eher harmlos aus.» Zamira schaffte es, Terra-5-Augis Hinterteil ins Versteck zu drücken. «Sie stellen sich ungeschickt an und machen jede Menge Lärm.»

Terra-5-Augies Körper plumpste endlich hinein.

«Kann sich der Yeti vielleicht ein bisschen dünner machen?» Terra-5-Augi versuchte sich zwischen die Beine des Yeti zu quetschen.

«Ja, mach mal Platz. Zamira muss auch noch rein», sagte das sehr, sehr kleine Schlossgespenst.

«Ich versuch mich dünner zu machen und halte ja schon die Luft an», entgegnete der Yeti und presste sich an die Rückwand.

«Das kommt davon, wenn man immer so viel Yakburger in sich hineinstopft», zischte die Mumie.

«Ha, du hast gut reden. Als Mumie ist es leicht, schlank zu bleiben.»

«Mensch, Leute. Bitte jetzt kein Gezanke, seid leise!», sagte Zamira und zwängte sich in die vollbesetzte Pendeluhr. «So fühlt man sich wohl in einer Sardinenbüchse», seufzte sie.

Irgendwie quetschte sie sich zwischen Yeti und Mumie und verschloss die Tür. Auf einmal fielen ihr die weißen Zeichen auf, die an der Decke zu sehen waren.

«Was ist das denn?», fragte Zamira.

«Das Zeug hat die Mumie hingekritzelt. Seit wir hier drin sind, schmiert sie mit Kreide die Wände voll», erklärte der Yeti.

Die Mumie warf dem Yeti einen bösen Blick zu.

«Wozu machst du das?», wollte Zamira wissen.

Die Mumie starrte verlegen auf den Boden.

«Die Mumie denkt, dass man mit diesen Zeichen die Geisterjäger fernhalten kann», brummte der Yeti.

«Und ob. Das wirkt. Noch nie was vom Fluch des Pharao gehört?», zischte die Mumie.

Ein schmaler Lichtstreifen fiel in das Versteck.

«Hey, schon gemerkt? Von eurem Gequassel ist die Tür wieder aufgegangen. Los, macht sie wieder zu», forderte Terra-5-Augi.

Nur mit Mühe gelang es der Mumie und Zamira, die Tür zu schließen.

Dann war es wieder dunkel und eng. Sehr eng.

«Wie in einer Grabkammer», flüsterte die Mumie.

«Wie in einem Vampirsarg», meinte Zamira.

«Nein, eher wie in einem kleinen Schloss.» Das sehr, sehr kleine Schlossgespenst kicherte. «In einem Fahrradschloss.»

«Ich glaub, ich muss Pipi», murmelte der Yeti.

«Nicht jetzt!», raunte die Mumie.

«Psst, leise jetzt!», zischte Zamira.

Alle waren mucksmäuschenstill. Nur das hin- und herschwingende Pendel der Uhr war zu hören.

«Ganz schön stickig. Wer hatte denn die Idee, dass wir uns hier drin verstecken sollten?», fragte Terra-5-Augi mit gedämpfter Stimme.

«Das haben mir meine Eltern geraten», antwortete Zamira genervt.

Daraufhin war es wieder einige Sekunden still, bis

die Mumie plötzlich fragte: «Machst du eigentlich immer das, was deine Eltern sagen?»

«Ja.»

«So, so ...», murmelte die Mumie unheilvoll.

«Wieso? Fühlt sich jemand nicht sicher hier drin?», fragte Zamira die anderen.

«Also ich fühl mich so sicher wie in einem Schneesturm im Himalaya», flüsterte der Yeti.

«Aber ich hab kein sicheres Gefühl hier drin», sagte die Mumie düster.

«Wieso denn nicht?», fragte Zamira.

«Wenn uns jemand erwischt, hat er uns alle auf einen Schlag», meinte die Mumie.

Zamira presste ihr Ohr an die dünne Holzwand. «Psst! Ich glaub, ich höre was!», flüsterte sie.

Alle hielten die Luft an.Aber außer dem regelmäßigen Schwingen des Pendels war nichts zu hören.

Die Mumie beugte sich zu Zamira und raunte: «Sag mal, wo steckt eigentlich deine Fledermaus?»

Bei dieser Frage wurde Zamira ganz heiß. *Ich muss sofort hier raus und Anastasi suchen*, dachte sie und sprang aus dem Versteck.

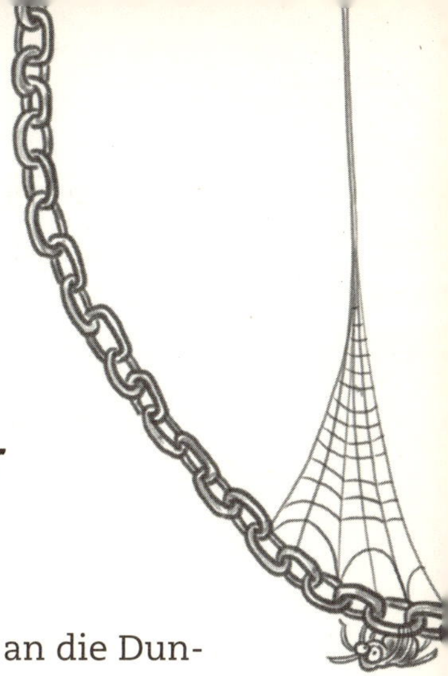

KAPITEL 12

# SCHAUKELN HILFT

Es brauchte eine Weile, bis sich Fränkie an die Dunkelheit gewöhnt hatte. Meter um Meter tastete er sich mit den Händen an der Wand voran. Weiter hinten am Ende des Gangs wurde es heller. Fränkie konnte am Boden eine Kante erkennen. Eine Art Treppenabsatz, der sich scharf abzeichnete. Der Tunnel führte zu einer geschwungenen Treppe. Breite Stufen führten hinunter in einen riesigen Keller. Das unterirdische Gewölbe war so groß wie eine Turnhalle. Treppenstufe um Treppenstufe schlich Fränkie hinunter. Nirgends war eine Lampe zu sehen, trotzdem war es dämmrig hell. Ein gruftiger Geruch lag in der Luft. Den würden Mama und Papa erst mal mit Raumspray bekämpfen, dachte Fränkie.

Da hörte er ein Quietschen. Es kam von der Mitte des Kellergewölbes. Eine Schaukel stand dort, und ein Mädchen pendelte darauf hin und her. Fränkie stieg langsam weiter die Treppe hinunter. Als er die letzte Stufe erreicht hatte, war er sich sicher, dass das

Mädchen ihn auch entdeckt haben musste. Aber es schien ihn nicht wahrzunehmen. Fränkie ging langsam auf sie zu. Das Mädchen hatte lange schwarze Haare. Ihr Gesicht war seltsam bleich. Auf ihrem Schoß hockte die dickliche Fledermaus und ließ sich den Kopf kraulen.

«Hi», sagte Fränkie zur Begrüßung.

Keine Antwort.

«Ist das deine Fledermaus?», fragte Fränkie. Etwas Besseres war ihm in dem Augenblick nicht eingefallen. Das Mädchen zeigte kein Interesse an Fränkie. Sie streichelte nur die Fledermaus.

«Kannst du mich hören?», fragte Fränkie. Wieder keine Antwort.

«Hallo, jemand zu Hause?» Fränkie winkte.

Plötzlich warf ihm das Mädchen einen scharfen Blick zu und fauchte: «Was hast du hier zu suchen?»

Fränkie wich vor Schreck zurück. «Äh, nichts ... ich bin nur deiner Fledermaus hinterher ...», stammelte er.

Das Mädchen ließ ihn nicht mehr aus den Augen. «Was willst du hier?», fragte sie wieder. In den Mundwinkeln konnte Fränkie spitze Eckzähne sehen. Wie bei einer Katze.

«Also ich bin hier nur runter, weil ich dachte ...» Fränkie verlor den Faden. «Ich hab nämlich heute ...!»

Als Fränkie sah, wie das Mädchen die Zähne fletschte, klappte ihm der Mund auf. *Vampir!* war alles, was er denken konnte.

Fränkie schluckte. Das konnte doch nicht sein! Worte wie Knoblauch, Kruzifix, Weihwasser und spitzer Holzpflock rasten ihm durch den Kopf. Aber nichts von all dem hatte er bei sich. *Bleibt mir nur übrig, mit ausgestrecktem Zeigefinger ein Kreuz zu formen. Ob das hilft?*, dachte Fränkie beunruhigt.

«Was hast du heute?», zischte das Mädchen.

«G-g-g-g-geburtstag», stotterte Fränkie und machte einen unauffälligen Schritt rückwärts Richtung

Treppe. «Also ich meine, ich hab heute Geburtstag und ...», versuchte er es noch einmal.

Die Fledermaus flatterte zur Decke.

Das Mädchen glitt von der Schaukel. Sie beobachtete Fränkie. Die Eckzähne waren jetzt kaum zu sehen. Sie hatte die Lippen zusammengepresst, als wollte sie ihre Zähne verstecken.

«Spielst du gern Vampir? Äh, Vampirin?»

Das Mädchen antwortete nicht.

Jetzt hatte Fränkie genug. «Hast du einen Halloween-Tick oder so was? Ich meine, dieses Kostüm, die Schminke und deine Vampirzähne aus Plastik, die sind so was von albern. Halloween ist erst in drei Monaten.»

Das Mädchen lächelte verstohlen. «Vielleicht sind meine Zähne ja echt. Was meinst du?»

Die spitzen Eckzähne blitzten in den Mundwinkeln.

Fränkie erstarrte.

«Nur keine Angst, ich hab gut gefrühstückt, ich beiß dich nicht.»

Dem Mädchen schien es Spaß zu machen, Fränkie zu erschrecken. «Wie heißt du?»

«Ich ... ich heiße Fränkie. Und du?»

«Zamira», antwortete sie leise und kam auf Fränkie zu, bis sie direkt vor ihm stand. «Bist du ein Geisterjäger?»

«Geisterjäger? Was meinst du damit?»

«Sind deine Eltern Geisterjäger?»

«Nö, meine Eltern sind normal. Ich meine, wir sind ganz normal.»

«Normal?» Das Vampirmädchen schaute Fränkie prüfend an.

«Na ja, normal eben. Einfach ganz normal.»

Das Vampirmädchen zögerte. Dann machte sie ein paar rasche Schritte zurück und klatschte in die Hände. «Leute, ihr könnt alle rauskommen, der tut nichts.»

Fränkie zuckte zusammen.

«Wirklich, der ist *ganz normal*», lachte das Vampirmädchen.

Nervös schaute Fränkie sich um. Wen hatte sie gemeint? Hier war doch sonst niemand. Wer sollte rauskommen? War das Mädchen verrückt?

Fränkie beschloss, dass es besser war, aus diesem Keller abzuhauen. Nichts wie weg von diesem verrückten Mädchen. Nur schnell wieder hoch zu seinen Eltern. Er drehte sich um ... und rannte in eine Wand aus Fell. Eine riesige Hand packte ihn und hob ihn in die Höhe.

«Der ist ja niedlich», lachte der Yeti und untersuchte den zappelnden Fränkie.

«Er heißt Fränkie und hat heute Geburtstag», erklärte Zamira gelangweilt.

Fränkie strampelte wie wild und versuchte sich loszumachen, doch plötzlich wurde er ganz steif. Eine Mumie war vor seinem Gesicht aufgetaucht und säuselte mit feierlicher Stimme: «Happy Birthday, Fränkie-Boy!»

Fränkie wollte gerade losschreien, da bemerkte er Terra-5-Augi.

Beim Anblick von dessen fünf Augen konnte Fränkies Stimme nur noch ein tonloses O formen. So etwas wie dieses Wesen hatte er noch nicht gesehen.

Plötzlich machte sich jemand an seinen Füßen zu schaffen.

«Du hast echt schicke Turnschuhe an. Cool. Solche will ich auch haben!», kicherte das sehr, sehr kleine Schlossgespenst begeistert und fummelte an den Schnürsenkeln herum.

«Ey, lass das!», zischte Fränkie und fing wieder an zu strampeln.

Zamira schüttelte belustigt den Kopf. «Du kannst es nicht erwischen, es ist viel zu wendig.»

«Ja, genau … ich bin viel zu wendig», kicherte das sehr, sehr kleine Schlossgespenst.

«Wie wär's mit einer Runde Spooky-Palace-Schaukeln für Fränkie?», schlug Zamira vor.

«Ja, ja, lasst uns Fränkie und seine Turnschuhe ein bisschen herumwirbeln», stimmte das sehr, sehr kleine Schlossgespenst zu.

Schon hatte der Yeti Fränkie auf die Schaukel gesetzt und begann ihn anzuschubsen.

Fränkie klammerte sich verzweifelt an die knirschenden Ketten der Schaukel. Immer schneller pendelte er hin und her. Vor seinem Gesicht tauchte wieder der bandagierte Kopf der Mumie auf. «Na Fränkie, wie alt bist du eigentlich?»

Schon schwang Fränkie wieder zurück, und sein Rücken bekam einen kräftigen Schubser vom Yeti und flog wieder nach vorn.

«Ich bin acht, äh … », antwortete Fränkie.

Beim Zurücksausen rief er: «Neun. Ich bin natürlich neun …»

«Also ich bin zweitausenddreihundertsiebenundvierzig!», rief die Mumie und gab der Schaukel von vorn einen kräftigen Stoß.

Während Fränkie zurückschleuderte, hörte er den Yeti hinter sich rufen:

«Ich weiß gar nicht, wie alt ich bin. Hat mir nie einer gesagt! Schade eigentlich.»

Sofort tauchte wieder der Kopf der Mumie vor Fränkie auf. «Weißt du, Fränkie, bei zweitausenddreihundertsiebenundvierzig Geburtstagen, da erinnert man sich irgendwann nicht mehr an jeden einzelnen!»

Die Schaukel sauste wieder zurück.

«Aber es gab doch bestimmt immer jede Menge

Geschenke, Kuchen und Partystimmung, oder nicht?», wunderte sich der Yeti.

«Schon, schon. Leider waren die meisten Mumien in meinem Grab Schnarchnasen.»

«Ach so, verstehe.»

«Schnarchnasen und Partymuffel.»

«Die wollten ihre Ruhe!»

«Genau, Grabesruhe!»

«Uahhh, Hilfe», schrie Fränkie. Seine Fußspitzen schrappten an der Decke des Kellers.

Das sehr, sehr kleine Schlossgespenst klatschte in die sehr, sehr kleinen Hände. «Jetzt steht es eins zu null für Fränkie!»

«Ich kann nicht mehr», stöhnte Fränkie, während die Schaukel wieder auspendelte.

«Von wegen, jetzt geht's erst richtig los», rief das sehr, sehr kleine Schlossgespenst. Schon saß es neben Fränkie. Der Yeti packte die Schaukel links und rechts. Und mit einem Ruck vergrößerte er die Sitzfläche. Nun sprangen die Mumie, Terra-5-Augi und Zamira ebenfalls auf die Schaukel. Mit einem Mal war Fränkie zwischen ihnen eingeklemmt. Schnell klammerte er sich an den anderen fest, um nicht runterzufallen.

«Los geht's», zischte Zamira.

Doch gerade als der Yeti anschubsen wollte, hörte man jemand Fränkies Namen rufen. Für einen Moment waren alle wie erstarrt. Bewegungslos verharrten sie auf der Schaukel. Nur Fränkie hüpfte herunter. «Das sind meine Eltern!», sagte er kurz. Und er hastete die Treppenstufen hoch. Oben am Treppenabsatz blieb er kurz stehen und rief: «Ich denke, es ist besser, ich verschwinde, bevor sie hier runterkommen. Ihr wollt bestimmt nicht, dass sie euch entdecken, oder?»

Fränkie konnte sehen, wie Zamira nickte.

«Aber ich komm euch wieder besuchen. Dann können wir ja weiter schaukeln.» Und mit diesen Worten drehte er sich um und spurtete nach draußen zu seinen Eltern.

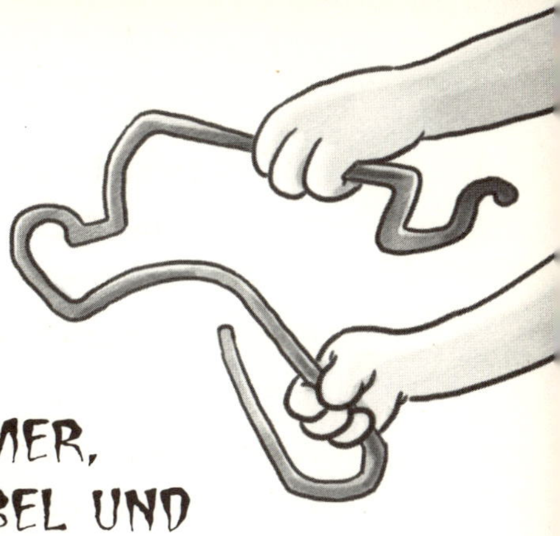

KAPITEL 13

# BÜROKLAMMER, ANDROMEDANEBEL UND HANTELTRAINING

«Was ist, kannst du ihn sehen?», fragte das sehr, sehr kleine Schlossgespenst.

«Wen?», flüsterte die Mumie.

«Na, diesen Fränkie.»

«Ja, er steht noch immer da unten neben dem Auto.»

«Und ... hat er noch seine Turnschuhe an?», wollte das sehr, sehr kleine Schlossgespenst wissen.

«Ja, natürlich. Was meinst du denn?»

«Aber was macht er denn da unten?»

Die Mumie schob ihren Kopf noch ein Stück weiter aus der Dachluke. «Nix, sein Vater trägt irgendwelche Kisten ins Haus. Fränkie und die Mutter warten. – So, jetzt kommt der Vater angelaufen, und alle steigen ins Auto. Ich glaub, jetzt fahren sie los.»

«Lass sehen!» Das sehr, sehr kleine Schlossgespenst quetschte sich an der Mumie vorbei. «Oh, jetzt ist er weg, und seine hübschen Turnschuhe auch», seufzte es.

«Und was ist, wenn er und seine Eltern wiederkommen und die Polizei oder Geisterjäger dabei haben?», zischte Zamira.

«Du meinst, er könnte uns und unser Versteck verraten?»Der Yeti runzelte beunruhigt die dichten Brauen.

«Keine Ahnung, ob er das tut. Aber wir sollten mit allem rechnen.» Mit einem Klacken schloss Zamira die Luke.

«Nö, das glaub ich nicht! Ich glaub, das macht der nicht», meldete sich das sehr, sehr kleine Schlossgespenst zu Wort.

«Und falls doch, kriegt er es mit dem Fluch des Pharao zu tun. Dafür sorge ich höchstpersönlich. Ich hab so meine Verbindungen zur Unterwelt», drohte die Mumie.

«Also, ich fand ihn irgendwie ganz nett. Wenn er wiederkommt, könnten wir uns doch mit ihm die Zeit vertreiben, bis unsere Eltern wieder da sind», überlegte der Yeti.

«Ja, und vielleicht gibt er mir dann auch seine Turnschuhe», sagte das sehr, sehr kleine Schlossgespenst.

«Lasst uns in den Keller gehen und dort beraten, was jetzt am besten …», schlug Zamira vor.

«Aber vorher sollten wir unbedingt nachschauen», unterbrach sie das sehr, sehr kleine Schlossgespenst.

«Wo nachschauen?», fragte Zamira gedehnt.

Alle schauten verwundert auf das sehr, sehr kleine Schlossgespenst.

«Na, was in den Kisten ist, die Fränkies Eltern hier abgestellt haben», erwiderte es.

Alle nickten.

«Los, kommt. Vielleicht sind da ja lauter schicke Turnschuhe drin. Coole Treter für uns alle. Das wär so genial.»

Das sehr, sehr kleine Schlossgespenst flatterte kichernd davon. Die anderen folgten ihm nach unten.

«Die haben hier alles auf den Kopf gestellt», brummte der Yeti beim Anblick der gereinigten Eingangshalle. Die Spinnweben waren verschwunden. Der Boden gefegt, und der Geruch eines Mango-Papaya-Raumsprays lag in der Luft. Zamira hielt sich die Nase zu.

Das sehr, sehr kleine Schlossgespenst ließ sich von all dem nicht abhalten. Es jauchzte, als es aufgestapelte Kartons in einem Nebenraum entdeckte. Doch als es hineinsah, seufzte es enttäuscht: «Ooooooch nöööö!» Gelbe Gummihandschuhe, rosa Feuchtwischtücher, Reinigungsset für Rattanmöbel, Staubsauger, Besen und ein Laubbläser mit Schultergurt, alles war da, nur keine Turnschuhe.

Aber Zamira war erleichtert. Dieser Fränkie hatte die Wahrheit gesagt. Seine Eltern schienen tatsächlich keine Geisterjäger zu sein.

Bei der Besprechung im Keller kamen alle überein, sich besser auf unangemeldete Begegnungen mit Eindringlingen vorzubereiten. Der Yeti holte einen schweren Yakknochen aus der Truhe und begann mit Hanteltraining für seine Oberarme. Terra-5-Augi montierte den defekten Andromedanebelwerfer vom Dach seines defekten Ufos. Mit Spezialwerkzeugen versuchte er ihn wieder einsatzbereit zu machen.

Zamira und die Mumie kramten in einer Truhe mit alten Papierrollen herum. Und zwar so lange, bis sie die Baupläne des Spooky Palace gefunden hatten. Die Mumie widmete sich daraufhin dem Studium unbekannter Geheimgänge und Falltüren. Zamira vertiefte sich in den Schaltplan mit den Stromkreisen.

Nur das sehr, sehr kleine Schlossgespenst tat nichts. Es war noch immer enttäuscht wegen der Sache mit den Turnschuhen. Schließlich holte es aus einem ledernen Handköfferchen eine Büroklammer und bog sie ausdauernd in verschiedene Richtungen.

«Was machst du denn da?», fragte Zamira neugierig.

Das sehr, sehr kleine Schlossgespenst hob die kunstvoll gekrümmte Büroklammer in die Höhe. «Damit kriege ich jedes Schloss auf.»

Zamira nickte anerkennend. Dann vertiefte sie sich weiter in den Schaltplan. Als sie endlich gefunden hatte, wonach sie gesucht hatte, verließ sie den Keller. Gemeinsam mit Anastasi machte sie sich auf die Suche nach dem alten Sicherungskasten.

KAPITEL 14

# AUFTRAG VON EINEM FALSCHEN BART

Fränkies Vater bearbeitete das Frühstücksei vor sich mit einem Löffelchen.

«Was haltet ihr davon, wenn ich heute alleine in den Spooky Palace fahre?», fragte Fränkie.

«Kommt gar nicht in Frage», meinte seine Mutter.

«Aber wieso nicht?», bohrte Fränkie nach.

«Weil wir hier erst noch ganz viel regeln müssen, stimmt's, Bärchen?» Fränkies Mama schaute Papa an, der nickte mit vollem Mund.

«Ach, schade», seufzte Fränkie.

«Wir fahren ja bald wieder hin, aber vorher müssen wir unsere Firma auf die Beine stellen, und da gibt es einiges zu tun.» Papa fummelte sich ein Stück Eierschale aus dem Mundwinkel.

«Ja», sagte Fränkies Mama. «Vor allem müssen wir die Rechnung für den Umzug, die Putzausrüstung und die Miete für die neue Wohnung zahlen.»

«Schatzimaus, musst du jetzt davon anfangen?» Fränkies Papa verdrehte die Augen.

«... und die Raten für den Wagen», setzte Mama fort.

«Verstehe», murmelte Fränkie.

Sein Vater rieb sich das Doppelkinn und spähte nach einem Stück Geburtstagskuchen. Als er das Pling-Geräusch seines Laptops hörte, sprang er auf und lief ins Wohnzimmer.

«Schatzimausi, ich glaub's ja nicht!», rief er. «Da bietet uns jemand einen Auftrag an. Hier steht ‹Anfrage an Putzpotzblitz für einen very big cleaning-job! Jetzt sofort!›»

«Lass mal sehen.» Mama lief zu Papa und verfolgte das Angebot am Bildschirm.«Da steht sehr dringend!»

Auch Fränkie drängte sich zwischen Mama und Papa. Auf dem Screen ploppte ein Fenster auf, und die Verbindung für eine Videokonferenz wurde geöffnet.

Am anderen Ende saß ein Mann mit dunklem Bart und einem weißen Tuch auf dem Kopf und sagte mit kratziger Stimme: «Good morning, Mister Stein!»

Fränkies Papa erwiderte: «Good morning, Mister ...»

«Bestimmt ein Ölscheich», flüsterte Mama.

«My name ... äh ... mein Name ist ... tut nichts zur Sache, ich bin Chef von einer sehr großen Firma», schnarrte der Mann. «Meine Firma besitzt ein big, big

Bürohochhaus am anderen Ende der Stadt. Im elften Stock habe ich große Geschäftsräume, die unbedingt gründlich geputzt werden müssen.»

«Saubermachen ist unsere Kernkompetenz, unser Lieblingsspezialgebiet», erklärte Fränkies Papa.

«Sehr gut! Aber es eilt. Morgen kommen extrem wichtige Geschäftspartner aus den USA. Very important business-people! Und bis dahin müssen die Büros extrem sauber sein!»

«Na klar, extrem sauber!», pflichtete Papa bei.

«Ihre Firma ... wie war noch der Name?»

«Putzpotzblitz!»

«Genau ... Potzblitz. Sind Sie in der Lage, so einen Auftrag zu übernehmen?»

«Selbstverständlich! Und wie wir in der Lage sind. So was von in der Lage.» Papa setzte ein zuversichtliches Grinsen auf und machte ein Daumen-hoch-Zeichen.

«Sehr schön. Dann erwarte ich Sie in zwei Stunden. Wenn Sie den Auftrag korrekt ausführen, dürfen Sie mit einem vierstelligen Betrag rechnen!»

«Vierstellig ...», wiederholte Papa.

«Und wo ist das Büro Ihrer Firma?», fragte Mama geistesgegenwärtig.

Der Mann lächelte nervös. «Ah, genau, die Adresse, hätte ich doch glatt vergessen, die schicke ich Ihnen gleich per Mail.»

Dann wurde das Videofenster grau, und das Gesicht des Mannes war verschwunden.

«Komischer Typ», sagte Mama.

Aber Fränkies Papa lachte nur: «Gib mir fünf, Schatzimaus.» Er klatschte sich mit Mama ab. «Vierstelliger Auftrag! Ein Geschenk des Himmels. Oh Mann, genau, was wir jetzt brauchen!» Papa wuschelte Fränkie durch die Haare.

Das Pling-Geräusch des Postfachs zeigte den Eingang einer Mail an. Mama öffnete sie. Und tatsächlich, darin war die Adresse eines Bürogebäudes.

«Das ist am anderen Ende der Stadt. Da brauchen wir den halben Tag hin und zurück.» Mama zog die Augenbrauen hoch und schaute Papa an.

«Ach was, Schatzimaus. Das schaffen wir locker. Wir beeilen uns einfach und geben Gas.»

«Und ich? Was ist mit mir?», fragte Fränkie.

«Ja genau, was ist mit Fränkie?», fragte Mama.

Fränkies Papa klappte den Laptop zusammen.«Du wolltest doch heute am liebsten wieder in die Geisterbahn, oder?»

Fränkie nickte begeistert.

«Wir müssen da ja sowieso vorbei, um unsere Ausrüstung und die ganzen Sachen zum Putzen zu holen. Wir setzen dich einfach ab. Und du kannst im Spooky Palace machen, was du Lust hast. Sozusagen freie Bahn in der Geisterbahn. Na, hört sich das gut an?», meinte Papa und zwinkerte Fränkie zu.

KAPITEL 15

# FANGSCHLEIM UND TAUCHERBRILLE

«Sie sind darauf reingefallen!», grinste Dr. van Felsing stolz. Mit spitzen Fingern fummelte er die Reste des falschen Barts von seinem Kinn. Er wirbelte in seinem Bürostuhl herum. «Der Countdown für die Mission Geisterjagd im Spooky Palace läuft. Alfred, es geht los.»

«Soll ich die Kanone ins Geistermobil packen?»

«Jawohl, mein Lieber, aber vorher verstaust du das hier!» Dr. van Felsing drückte Alfred einen Sack mit Universalfalschmünzen in die Hand. «Und das hier!» Damit reichte er Alfred noch eine Taucherbrille und eine Stirnlampe. «Und anschließend verlädst du die Kanone. Aber schön vorsichtig. Das ist ein Familienerbstück. Dann kommst du ins Labor und hilfst mir beim Kanister mit Fangschleim.»

Zufrieden schaute Dr. van Felsing seinem emsigen Assistenten nach. Alles lief nach Plan. Genau so, wie er es auf der Fachakademie für Geisterjäger gelernt hatte. Er erhob sich und ging pfeifend ins Labor. Dort roch es noch immer verbrannt.

Dr. van Felsing nahm den langstieligen Laborlöffel von der Arbeitsfläche.

*«Es dauert nicht mehr lange,*
*bis ich alle Geister fange.*
*Knoblauchpest und Monsterschleim,*
*bald suche ich euch heim.*
*Dann sitzt ihr in der Falle,*
*van Felsing kriegt euch alle!*
*Van Felsing kriegt euch alle!»*,

kicherte er vor sich hin. Dabei rührte er unablässig mit dem Löffel im zylindrischen Kupferkochtopf herum. Im giftgrünen Fangschleim blubberten Blasen. Beim Zerplatzen stieg ätzender Nebel auf.

«Jetzt ist es so weit!»

Mit einem Gummischlauch pumpte Dr. van Felsing die schleimige Masse in den großen Kanister. Als alles umgefüllt und der Kanister verschraubt war, rief Dr. van Felsing nach Alfred.

Während Alfred den Kanister in das Geistermobil verfrachtete, kehrte Dr. van Felsing in sein Arbeitszimmer zurück. Andächtig blieb er vorm Schreibtisch stehen und betrachtete die Bilderrahmen an der Wand. Die Gesichter auf den Fotos schienen ihn anzuschauen. Dr. van Felsing holte tief Luft und murmelte: «Ich werde euch nicht enttäuschen! Die van Felsings werden stolz auf mich sein!»

Entschlossen packte er die Ledertasche mit dem Spezialwerkzeug und eilte in die Garage, um das Geistermobil zu besteigen. Sekunden später rasten Dr. van Felsing und Alfred auf der Hauptstraße Richtung Vergnügungspark.

KAPITEL 16

# EINGENETZT!

Fränkie Stein stand in der Eingangstür des Spooky Palace und winkte seinen Eltern hinterher. Ihr Lieferwagen fuhr die Einfahrt hinunter. Fränkies Vater hupte noch mal, und die winkende Hand von Fränkies Mutter verschwand im Auto. Der Wagen bog Richtung Stadt ab.

Fränkie seufzte.

Vor wenigen Minuten hatte er noch geholfen, den Lieferwagen mit Putzmittel und dem Spezialstaubsauger zu beladen. Jetzt war er allein. In der einen Hand hielt er den Schlüssel zur Geisterbahn umklammert. Mit der anderen steckte er die Knoblauchknolle zurück in die Hosentasche. Er hatte sie sich noch schnell aus der Küche in der neuen Wohnung mitgenommen. Nun kam ihm das übertrieben vor. Denn von Zamira, dem Vampirmädchen, und ihren Freunden war nichts zu sehen. Wo steckten sie bloß? Hatte er sich vielleicht alles nur eingebildet? Diese merkwürdige Bande, die er da gestern im Keller der

Geisterbahn entdeckt hatte, waren vielleicht doch nur verkleidete Kinder. Sie hatten sich den Spooky Palace als ihren Spielplatz ausgesucht. Und hatten sich dann einfach wieder aus dem Staub gemacht.

Ein dunkel lackiertes Fahrzeug fuhr mit Vollgas auf die Einfahrt des Spooky Palace zu.

Wer ist denn das jetzt?, dachte Fränkie. Da legte sich eine Hand auf seine Schulter und zog ihn in die Eingangshalle. Es war Zamira.

«Schnell, komm rein!», zischte sie scharf und huschte davon.

Die Autotüren wurden aufgerissen, und zwei Männer sprangen heraus. Aber Fränkie blieb noch kurz im Türrahmen stehen. Auf dem Wagen konnte er die altmodische Aufschrift «Van Felsing – Kammer- und Geisterjäger seit 1864» lesen. Dann rannte Fränkie Zamira hinterher.

Das Vampirmädchen lief zu dem kleinen Raum, den Fränkies Eltern als Lager für die Putzmittel eingerichtet hatten. Die dickliche Fledermaus flatterte dicht über ihrem Kopf. Fränkie versuchte, sie einzuholen. Schon hörte er, wie die Männer die Treppe zur Eingangshalle heraufkamen und schließlich die Halle betraten. Gerade noch rechtzeitig erreichten Zamira und Fränkie den Nebenraum. Sofort krabbelten sie hinter die schützenden Stapel aus Kartons und Kisten.

Die beiden Männer schauten sich misstrauisch in der Eingangshalle um. Dann stellten sie ihre Gerätschaften und Taschen in der Nähe der Geisterbahnwagen ab.

«Sehr schön», sagte der Ältere der beiden. Er untersuchte den vordersten Geisterbahnwagen und klopfte gegen das rostige Blech. «Alfred, hier montierst du die Kanone drauf! Auf diesen hier. Genau hier auf die Lehne.»

«Wird gemacht, Dr. van Felsing!»

Während sein Assistent die Kanone an der Lehne anbrachte, schritt der Doktor die Eingangshalle wie ein General ab. Naserümpfend begutachtete er den falschen Kronleuchter, die Monster und das Skelett aus Pappmaché. Dann überprüfte er die Befestigung der Schleimkanone.

«Sehr gut, das hält!» Dr. van Felsing nahm den Kanister, öffnete einen Stutzen und füllte den Fangschleim in die Kanone. Ein unheimliches Glucksen war bis in das Versteck von Zamira und Fränkie zu hören.

«Was haben die vor?», fragte Fränkie leise.

«Keine Ahnung! Aber ich muss die anderen warnen!» Zamira schob sich an den Kartons vorbei. Fränkie folgte ihr. Da bemerkte er den Laubbläser. Er packte den breiten Griff, um ihn mitzunehmen, doch dabei passierte es: Einer der Kartons fiel um.

Fränkie war starr vor Schreck. Sie hatten sich verraten!

«Das kam aus dem Raum da drüben», rief Alfred.

«Geister», sagte Dr. van Felsing und packte ein Fangnetz. Mit weit ausholenden Schritten eilten sie zu dem Nebenraum.

Fränkie und Zamira tauchten hinter die Kartons und pressten sich auf den Boden.Sie hielten den Atem an. Gleich würden die beiden Männer ihr Versteck entdecken.

Fiepend stürzte sich Anastasi von der Decke und flatterte kampfbereit auf die beiden Männer zu.

«Da, Doktor, eine Fledermaus!» Alfred fuchtelte mit den Armen herum. «Bleib bloß weg!»

Todesmutig attackierte Anastasi Alfreds Kopf.

«Hilfe, Herr Doktor! Das Vieh will mich beißen! So tun Sie doch was!»

«Stell dich nicht so an», meinte der Doktor schroff. Mit einer gezielten Bewegung schleuderte er das Netz über das Tier und fing es ein. Hilflos zappelte Anastasi im Netz und piepste.

«Microchiroptera!», erklärte Dr. van Felsing genüsslich. «Eine gewöhnliche Fledermaus. Ein bisschen übergewichtig, dieses Exemplar.»

«Doktor, das schwabbelige Biest wollte mich umbringen.»

«Von wegen, Alfred. Hol den kleinen Käfig für Hausgeister. Da stecken wir sie erst mal rein.»

Für einen Moment kehrten die beiden Geisterjäger dem Lagerraum den Rücken zu. Hinter ihnen huschten zwei Schatten unbemerkt Richtung Keller.

KAPITEL 17

# ALLE ZUSAMMEN!

Terra-5-Augi, der Yeti, die Mumie und das sehr, sehr kleine Schlossgespenst umringten Zamira und Fränkie.

«Sie haben Anastasi gefangen!», keuchte Zamira Sie schnappte nach Luft.

«Es sind Geisterjäger! Das steht auf ihrem Wagen», fügte Fränkie schnaufend hinzu.

«Geisterjäger! Unser Schicksal ist besiegelt!» Aus den Bandagen der Mumie bröselte feiner Sand auf den Boden.

Zamira ging in die Hocke und vergrub ihr Gesicht in den Händen. «Was sollen wir jetzt bloß machen?»

Das sehr, sehr kleine Schlossgespenst schwirrte nervös hin und her.

«Wir verjagen die Typen», sagte Fränkie kampfbereit.

Verwundert schauten ihn alle an.

«Und wir befreien die Fledermaus! Ganz einfach!»

Das sehr, sehr kleine Schlossgespenst umkreiste Fränkie neugierig.

«Und wie?», fragte die bröselnde Mumie skeptisch.

Fränkie reckte den Laubbläser hoch. «Damit.»

Terra-5-Augi ließ seine fünf Augen interessiert kreisen und untersuchte den Gebläsetrichter. «Sieht fast so aus wie mein dreistufiger QR-Zwei-XDL-Andromedanebelwerfer mit Quantengebläse.»

«Der Laubbläser wirbelt den größten Laubhaufen in die Luft. Mit 200 km/h Luftgeschwindigkeit.»

Zamira verschränkte die Arme und schaute Fränkie misstrauisch an. «Und wegen dem Ding wären wir beinahe von den Kerlen geschnappt worden!», sagte sie.

Fränkie grinste verlegen: «Sorry, ich dachte, es wäre eine gute Idee, den Laubbläser mitzunehmen!»

Zamira verdrehte die Augen. «Und jetzt ist Anastasi wegen deiner tollen Idee in den Händen dieser Kerle.»

«Armer Anastasi», säuselte das sehr, sehr kleine Schlossgespenst.

Zamira schaute traurig zur Decke. Irgendwo da oben war der Schlafplatz ihrer Fledermaus.

Einen Moment lang dachten alle, sie würde weinen. Aber dann sagte sie mit einer fester Stimme: «Wir brauchen jetzt einen Plan zur Rettung von Anastasi!»

«Genau, einen richtig genialen Rettungsplan», fügte Fränkie an.

«Ja! Einen Plan, wir machen einen Plan!», jubelten alle.

Die Mumie sprang aus dem kleinen Sandhaufen, der sich am Boden gebildet hatte, und lief zur Truhe. Als sie zurückkam, wedelte sie aufgeregt mit einer Papierrolle. «Schaut euch das an! Es ist wie in einem Pharaonengrab im Tal der Könige. Ich hab es erst

nicht glauben können. Es gibt eine geheime Falltür mitten in der Geisterbahn!»

«Lass sehen», sagte Zamira.

Die Mumie breitete den alten Bauplan auf dem Boden aus. Ihre knochigen Finger fuhren die Zeichnung entlang, bis zu einer markierten Stelle. «Da, das ist die Falltür! Die Tür ist ganz schön groß, da passen jede Menge Geisterjäger rein», erklärte die Mumie feierlich.

«Wir müssen sie irgendwie dahin locken, genau an diese Stelle», überlegte Fränkie.

«Wir locken gar nicht! Ich packe sie einfach und

quetsche sie durch die Falltür, ob sie wollen oder nicht. Wie einen Klumpen Schneematsch in eine Gletscherspalte. Patsch! Ganz einfach.» Die Füße des Yeti trampelten wie wild auf dem Steinboden umher. «Einfach feste in den Boden stampfen, wie Kartoffelbrei mit Yakkäse.» Der Yeti reckte seine Oberarme in die Luft. Der Bizeps unter seinem Fell spannte sich bedrohlich.

«Und ich verpasse ihnen eine Extraportion Andromedanebel mit meinem QR-Zwei-XDL. Der funktioniert nämlich wieder.» Terra-5-Augi holte den Andromedanebelwerfer und fuchtelte damit herum. Das Ding sah tatsächlich wie eine Miniaturausgabe von Fränkies Laubbläser aus. «Wir lassen die Eindringlinge nicht aus den Augen», sagte Terra-5-Augi und ließ seine Tentakel kreisen.

«Wir werden ihnen immer einen Schritt voraus sein», drohte die Mumie.

«Und wenn sie nicht damit rechnen, dann schlagen wir plötzlich zu», zischelte das sehr, sehr kleine Schlossgespenst und schlug die winzigen Handflächen gegeneinander.

«Patsch!»

KAPITEL 18

# SHOWDOWN IM TUNNEL

Es war so weit. Dr. van Felsing stieg zu Alfred in den Geisterbahnwagen. Den kleinen Käfig mit der Fledermaus hatte er an der Rückenlehne befestigt.«Alfred, setz endlich die Taucherbrille auf!»

«Aber wozu, Doktor? Das sieht beknackt aus!»

«Der Fangschleim ist klebrig und giftig. Jede Berührung mit dem Zeug ist zu vermeiden. Bei deiner Ungeschicklichkeit kann das unangenehm werden.» Dr. van Felsing schaltete den Ghostscanner ein.

Widerwillig setzte Alfred die Taucherbrille auf.

«Geht's jetzt los, Doktor?»

Nachdem Dr. van Felsing den Sitz seiner Stirnlampe überprüft hatte, griff er in das Säckchen mit den Falschmünzen. Feierlich reichte er Alfred eine Münze. «Operation Spooky Palace kann beginnen.»

Alfred steckte die Münze in den Schlitz. Während sie im Einwurfkasten klickerte, rutschte Alfred erwartungsvoll auf der Sitzbank hin und her. Es gab einen Ruck, die rostigen Räder setzten sich quietschend in

Bewegung. Der Wagen fuhr direkt auf eine Mauer zu. Zwei Flügeltüren sprangen auf, und Dr. van Felsing und Alfred ruckelten in den tiefschwarzen Tunnel. Im Lichtkegel der Stirnlampe tauchten grell bemalte Gips-Zombies auf. Dr. van Felsing schüttelte den Kopf über diesen kläglichen Versuch, ihm Gänsehaut einzujagen.

Der Wagen machte eine Kurve, und unter lautem Geheule wurde eine Nische in der Ziegelwand angestrahlt. Im flackernden Licht hockte ein Werwolf am Boden.

«Budenzauber. Alles falscher Budenzauber. Hast du die Kabel und den Lautsprecher gesehen?», fragte Dr. van Felsing.

Alfred nickte nervös.

Der Lichteffekt erlosch, und das Heulen verstummte. Es war wieder still im Geisterbahntunnel. Nur die Räder auf dem Gleis knirschten.

«Trotzdem, ganz schön unheimlich. Finden Sie nicht, Herr Doktor?» Alfred holte tief Luft.

«Ach was», entgegnete Dr. van Felsing schroff und widmete sich lieber dem Ghostscanner. «Ich empfange erste Signale. Sie sind noch schwach. Aber wir fahren direkt darauf zu. Zeit, die Fangschleimkanone klarzumachen.»

Alfred setzte die Taucherbrille ab und tastete nach dem Abzugsgriff der Kanone. Holpernd kämpfte sich

das Wägelchen ins nächste Stockwerk und näherte sich einer schmalen Holzpforte. Der Ghostscanner fiepte leise. Kaum fuhren die Geisterjäger durch das Tor, wurden die Alarmtöne stärker. Angespannt schauten sie sich um.

Der Wagen verlor an Fahrt, wurde immer langsamer und blieb mitten im Tunnel stehen. Alfred warf weitere Münzen in den Einwurfschlitz. Doch der Wagen rührte sich nicht mehr. Als ob jemand den Strom abgestellt hätte. Auch der Ghostscanner blieb stumm.

Nur die Fledermaus im Käfig hüpfte wild auf und ab.

Dr. van Felsing klopfte auf den flackernden Bildschirm. «Ich glaub's ja nicht. Nix geht mehr. Wir stecken fest, und dieser Scanner hat sich aufgehängt!»

Von der Pforte wehte ein kalter Windstoß durch den Tunnel. Dr. van Felsing drehte sich um. Ein schwerer Stoffvorhang schwebte von der Decke. Ein dunkelroter Schatten rauschte zwischen den Wagen und der Pforte auf das Gleis. Die Fledermaus rüttelte an den Gitterstäben. Aus dem Schatten entlud sich eine Staubwolke. Ein phosphoreszierender Nebel, der sich rasend schnell ausbreitete.

«Dadada ...», stammelte Alfred aufgeregt.

Der Nebel wurde immer dichter.

«Was ist das?», rief Dr. von Felsing beunruhigt.

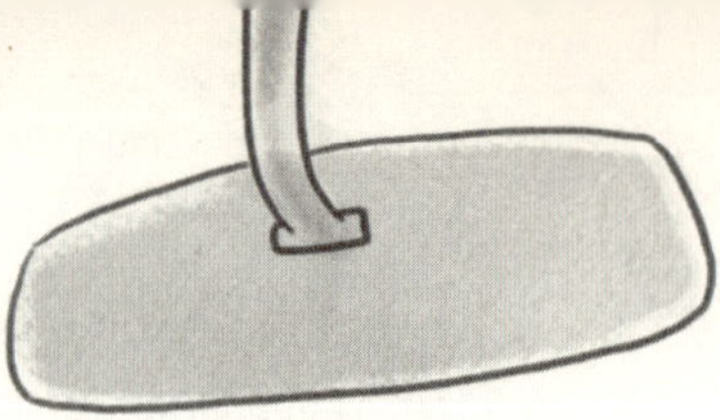

KAPITEL 19

# ZUM PUSTELN KRIEGEN

«So was Blödes! Der ganze Aufwand war umsonst. Für nichts und wieder nichts!» Fränkies Papa trommelte nervös aufs Lenkrad.

«Bärchen, reg dich nicht auf! In diesem Auftrag war von Anfang an der Wurm drin», beschwichtigte Mama.

«Ja, ja! Das kann man so sagen. Erst fahren wir ans Ende der Stadt, stehen Ewigkeiten im Stau, dann finden wir nirgends einen Parkplatz, schleppen unsere Ausrüstung durch drei Straßen zu dieser Adresse, dann fährt der Aufzug einfach nicht … tzz, wegen Instandsetzungsarbeiten, und dann …»

«Ja, und dann müssen wir dreizehn Stockwerke zu Fuß hoch gehen, und als wir oben ankommen, ist niemand da. Alles zu. – Jetzt heißt es abhaken, Bärchen. Einfach abhaken», seufzte Mama.

«Ich weiß, du hast recht, Schatzimaus. Aufregung lohnt sich nicht.»

«Hauptsache wir kommen endlich zu Fränkie, der wartet bestimmt schon auf uns», sagte Mama.

Fränkies Papa beugte sich vor. «Och nee, nicht auch das noch.»

«Was ist denn jetzt, Bärchen?»

«Das Benzin ist alle. Der Tank ist gleich leer.»

«Da drüben an der Kreuzung ist eine Tankstelle.» Mama tippte gegen die Windschutzscheibe.

Ihr Mann bog ab und blieb bei den Zapfsäulen stehen.

«Bärchen, schau mal!» Fränkies Mama kurbelte das

Fenster herunter. «Die haben Lampions und Konfetti im Schaufenster. Ist das nicht phantastisch?»

«Was soll denn daran phantastisch sein?»

«Na, kapierst du nicht?»

«Nö. Was denn?»

«Damit überraschen wir Fränkie. Wir machen eine kleine Nachgeburtstagsparty für ihn. Ganz spontan. Mit Deko und so. Als Entschädigung für gestern. War ja abends nicht mehr so toll für ihn, wir haben die ganze Zeit das Putzzeug eingeräumt, und er war ganz allein in der Geisterbahn unterwegs.»

Fränkies Papa überlegte. «Stimmt, Schatzimaus. Da haben wir gar nicht richtig gefeiert.»

«Ja, und jetzt ist er wieder ganz allein dort. Da wird er sich über so eine kleine Party bestimmt freuen!»

«Eine klasse Idee. Lass uns noch Paprika-Chips und Würstchen in der Tankstelle kaufen.»

«Ja, und Ketchup und Orangensaft!»

«Und noch was Süßes.»

«Schoko-Muffins?»

«Ja!»

KAPITEL 20

# KAMPF IM NEBEL

*Bahzoom*! Der abgefeuerte Fangschleim verschwand zischend im dichten Nebel. Es folgte ein schmieriges Platschen. Der Schleim rutschte irgendwo im Tunnel die Wand hinunter. Ohne jede Wirkung.

Die Ladeanzeige der Kanone sank langsam, aber sicher in den roten Bereich. Dr. van Felsing fluchte. «Verdammt! Aber sie müssen ganz in der Nähe sein!»

Er rutschte auf die Sitzbank neben Alfred und hämmerte auf den Ghostscanner ein. Der Bildschirm flackerte, ein Hinweisfenster erschien.

«Sofortiges Software-Update nötig! Neustart empfohlen …», murmelte Dr. van Felsing. Entnervt knallte er den Ghostscanner auf den Boden.

«Aber Doktor … jetzt ist der Apparat sicher ganz hinüber.»

«Egal, in unserer Lage ist der Instinkt gefragt. So was liegt einem van Felsing im Blut, da brauch ich keine überflüssige Technik. Ich spüre auch so, wenn Geister in der Nähe sind.» Mit zusammengekniffe-

nen Augen starrte Dr. van Felsing in den Nebel. Aber der dünne Lichtstrahl der Stirnlampe reichte nicht aus, um irgendetwas zu erkennen. Der Nebel war zu dick und undurchdringlich. Es war zum Verzweifeln! Dr. van Felsing kaute auf der Unterlippe. Er kam sich vor wie ein hilfloses Insekt in einer unheimlichen Versuchsanordnung. Wie ein Glühwürmchen, das in einer Röhre aus Zuckerwatte und Badeschaum feststeckte.

Bei diesem Gedanken zuckte sein Zeigefinger am Abzug der Fangschleimkanone.

«Ich glaub, die haben erst mal genug», kicherte Terra-5-Augi hinter dem Vorhang und schaltete den qualmenden Andromedanebelwerfer ab.

«Echt pyramidisch, dein Dromedarnebel.» Die Mumie deutete eine altägyptische Geste der Anerkennung an.

«Augi, da drin sieht's aus wie nach einer Schneelawine im Himalaya. Das hab ich so vermisst. Schneesturm und Gletscherstaub, ich komme. Jippie!» Der Yeti riss den Stoff beiseite und hopste in den Tunnel. Begeistert trampelte er über das Gleis auf den Wagen der Geisterjäger zu. Seine riesigen Fußsohlen ließen Schienen und Holzbohlen zittern.

«Bei Thutmosis dem Dritten, der Zottelige wird ihnen das Fürchten lehren», raunte die Mumie dem Yeti hinterher.

«Ein Erdbeben, die ganze Bude wackelt», schlotterte Alfred. Ängstlich krallte er sich mit beiden Händen in die Sitzbank. Der Wagen schwankte wild hin und her. Beunruhigt drehte sich Dr. van Felsing um. Hinter ihm näherte sich ein riesiger Schatten. Ehe der Doktor die Kanone darauf richten konnte, machte es rumms. Und der Schatten knallte gegen die Rückenlehne und verpasste dem Wagen einen heftigen Stoß. Dr. van Felsing konnte sich gerade noch an der Kanone festhalten.

«Hilfe, Hilfe! Ein Poltergeist!», schrie Alfred panisch.

Der Wagen wurde von weiteren grimmigen Schubsern nach vorne gestoßen. Die Räder kreischten und sprühten einen Funkenregen in die Dunkelheit.

Der Yeti schob den Wagen triumphierend übers Gleis. «Wawuwuhu! Das ist wie Yakkegeln im Gletschereis! Wawuwuhu.» Sein Gebrüll klang nach Erdrutsch und Steinschlag. Bedrohlich hallte es durch den Tunnel.

Die eingeschüchterten Geisterjäger hüpften auf der Sitzbank auf und ab wie Maiskörner in einer heißen

Pfanne. «Festhalten, Alfred! Jetzt bloß nicht rausfallen!», schrie Dr. van Felsing.

Alfred klammerte sich verzweifelt an die Rückenlehne. Er schien die Stimme verloren zu haben, und seine Augen waren starr vor Angst.

Anastasi flatterte aufgeregt im Käfig auf und ab, als der Yeti jetzt sein hellstes Himalaya-Lachen lachte. Klirrend kalt wie Gletschereis.

Dr. van Felsing fröstelte. Ein Schauder lief ihm über den Nacken. Dieses eisige Gelächter in seinem Rücken ... Hätte er es nur irgendwie stoppen können. Oder sich nur die Ohren zuhalten können. Aber es war unmöglich. Er brauchte die Kraft seiner beiden Hände, um sich festzuhalten. Entsetzt starrte Dr. van Felsing nach vorne.

Wo würde diese grässliche Fahrt enden?

Mit dem Laubbläser in der Hand sprang Fränkie von den Stufen der Wendeltreppe auf das Gleis. «Wie weit seid ihr mit der Falltür?», fragte er Zamira.

Zamira beugte sich zu dem sehr, sehr kleinen Schossgespenst hinunter. «Die Schrauben im Gleis sind schon gelockert, aber die Falltür klemmt noch.»

Das sehr, sehr kleine Schlossgespenst stocherte hektisch mit einer Büroklammer in einem Vorhängeschloss herum. «Verflixt, es will einfach nicht aufgehen!»

«Beeil dich! Sie kommen gleich!», rief Fränkie.

Aus der Ferne war bereits das Echo des Yetilachens zu hören.

«Geschafft!», schrie das Gespenst. Das Schloss sprang auf. Zamira und das sehr, sehr kleine Schlossgespenst schoben den Riegel beiseite. Mit einem lauten Knallen klappte die Falltür nach unten und schwang hin und her. Nur wenige Meter darunter konnten sie den Boden im Freien erkennen. Das

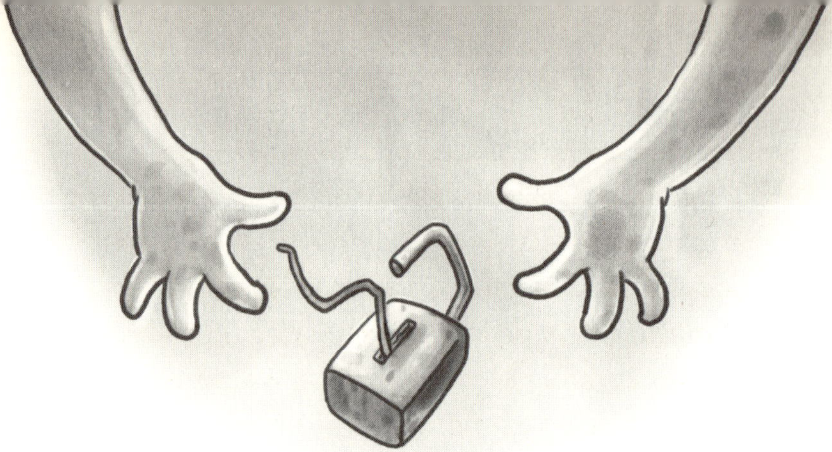

Lachen des Yeti und das Kreischen der Räder kamen immer näher. Die Schienen zitterten.

«Ich muss Anastasi retten!», rief Zamira plötzlich erschrocken.

Fränkie entsicherte den Laubbläser und zog den Griff fest an sich heran.

Zamira nahm Anlauf, sprang in die Höhe, und ihr Körper schoss dem heranrasenden Geisterbahnwagen entgegen.

Als Dr. van Felsing den Schatten eines Vampirmädchens auf sich zukommen sah, feuerte er sofort die Kanone auf sie ab. Doch Zamira tauchte unter den pfannkuchengroßen Schleimgeschossen hindurch. Mit einer spektakulären Wendung wich sie aus, schnappte sich Anastasis Käfig, schrappte ein paar Mal an der Wand lang und landete hinter dem

Yeti auf dem Gleis. Keuchend hielt sie den Käfig fest umklammert. «Alles gut, Anastasi!», flüsterte sie. Die Fledermaus fiepste dankbar. Zamira öffnete die Käfigtür, und Anastasi kroch aus seinem Gefängnis. Seine Flügel machten ein paar kraftlose Bewegungen, ehe Anastasi in Zamiras Schoß plumpste. Währenddessen tobte der Yeti weiter durch den Tunnel, und der Geisterbahnwagen raste direkt auf Fränkie und die Falltür zu.

Dr. van Felsings Finger hatten sich im Abzug verhakt, und pausenlos feuerte die Kanone Fangschleim ab.

«Achtung!», schrie das sehr, sehr kleine Schlossgespenst und duckte sich. Schleimkugeln zischten durch die Luft.

Fränkie riss den Laubbläser hoch. Das eingeschaltete Gebläse machte einen Höllenlärm. Die heranfliegenden Brocken wurden gebremst und schienen für einen Moment in der Luft zu stehen. Dann änderten sie die Richtung und zischten zurück. Mitten in die entsetzten Gesichter der Geisterjäger.

Schreiend und schleimbedeckt stürzten Dr. van

Felsing und Alfred durch die Falltür ins Freie. Schepperndbohrte sich der Wagen in den sandigen Boden unter dem Spooky Palace. Der Yeti packte die Falltür mit seinen langen Armen und verriegelte sie wieder. Hier kam jetzt niemand mehr herein. Dann trommelte er sich auf die Brust und brüllte gegen den Lärm von Fränkies Laubbläser an. «Uahhh! Sehr erfrischend, dein Blasedings! Wie eine steife Schneebrise.»

Fränkie schaltete den Laubbläser ab, ließ ihn auf den Boden sinken und setzte sich auf das Gleis.

Der Yeti strich sich mit seinen Händen das zerzauste Fell glatt.

«Gut gemacht, Jungs» applaudierte das sehr, sehr kleine Schlossgespenst und machte es sich auf dem Kopf des Yeti bequem.

Aus dem Tunnel tauchten Terra-5-Augi, die Mumie und Zamira auf. Sie liefen auf den Yeti zu und klatschten ihn ab. «Meine Hochachtung, das war der helle Wahnsinn! Das war pharaonisch.»

Die Mumie klopfte anerkennend die Schulter des Yeti. «Diesen Kerlen haben wir einen interstellaren Schrecken von galaktischer Dimension eingejagt.»

«Das werden die nicht so schnell vergessen», lachte Terra-5-Augie.

«Ja, und ich auch nicht», meinte Zamira und hockte sich neben Fränkie. Sie tätschelte Anastasis Kopf und betrachtete die Freunde. «Leute, das muss gefeiert werden.»

«Yeah!», grinste Fränkie.

KAPITEL 21

# IN DIE FLUCHT GESCHLAGEN

Dr. van Felsing kämpfte sich unter dem verbeulten Geisterbahnwagen hervor. Vorsichtig betastete er die Beule an seiner Stirn. «Wissenschaftlich gesehen war das sehr aufschlussreich», murmelte er.

Alfred tauchte neben dem Doktor auf. «Ich hab genug. Ich will nur nach Hause.»

Von Alfreds Kopf tropfte froschgrüner Fangschleim. Angeekelt kratzte er klebrige Schleimklumpen von der Backe. «Nix wie weg hier.» Dann krabbelte er wie ein Käfer auf allen vieren davon.

«Halt, Alfred. Hiergeblieben!», schrie Dr. van Felsing und versuchte ihn zu stoppen.«Wir müssen die Kanone mitnehmen. Die ist ein Familienerbstück.»

«Das blöde Ding ist eh hinüber!» Alfred robbte einfach weiter.

Dr. van Felsing befühlte die dicken Pusteln, die sich an seinem Hals bildeten. «Nichts da, die Kanone kommt mit, verstanden?»

Aber Alfred hörte nicht und versuchte nur, das Geistermobil so schnell wie möglich zu erreichen. Fluchend zerrte Dr. van Felsing die verbogene Kanone unter der Geisterbahn hervor und schleppte sie alleine zum Wagen. Er verstaute sie und setzte sich ans Steuer. Das Geistermobil wendete in einer scharfen Kurve und fuhr mit Vollgas aus der Einfahrt. Dabei übersah Dr. van Felsing beinahe den kleinen Lieferwagen, der ihm entgegenkam. Das Geistermobil raste direkt auf Fränkies Eltern zu. Für den Bruchteil einer Sekunde sahen sich die Geisterjäger und Fränkies Eltern durch die Windschutzscheiben in die Augen.

«Ey, pass doch auf!» Fränkies Papa riss das Lenkrad herum und konnte dem Geistermobil gerade noch ausweichen. Im Rückspiegel sah er den unheimlichen Wagen davonrasen.

«So ein Idiot!», schimpfte Fränkies Papa und bremste scharf.

«Gut gemacht, Bärchen. Das war echt knapp!», sagte Fränkies Mama. «Was wollten die hier?»

Fränkies Papa schaute besorgt zum Eingang des Spooky Palace.

Aber dort sah alles aus, wie sie es verlassen hatten.

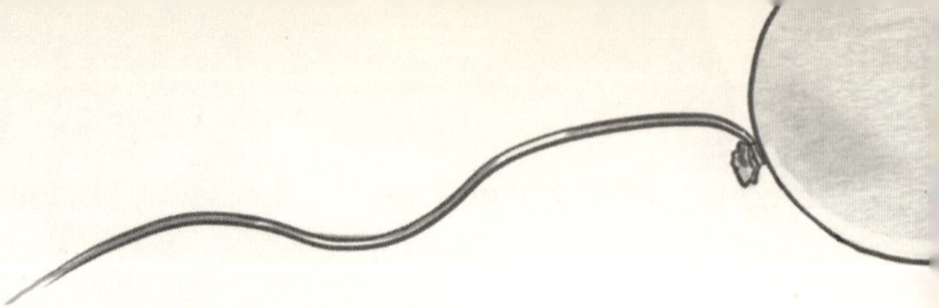

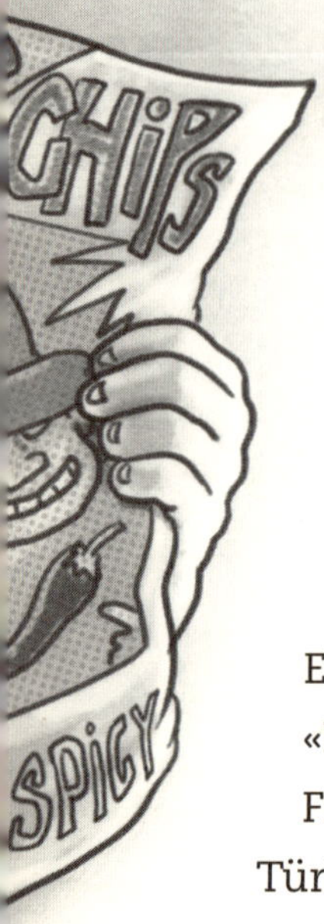


KAPITEL 22

# PARTY-TIME

Beladen mit Lampions, Chipstüten, Würstchen, Luftballons und Saftflaschen standen Fränkies Eltern vor der verschlossenen Eingangstür.

«Fränkie, aufmachen, wir sind es. Mama und Papa!»

Fränkies Papa presste die flache Hand gegen die Türklingel. Von drinnen waren helles Gelächter und tiefe Bässe von Musik zu hören. Das Ding-Dong der Klingel ging fast unter.

Plötzlich riss jemand die Tür auf.

«Hallo, immer hereinspaziert, solang ihr keine Geisterjäger seid.» Der Yeti lachte sein freundlichstes Yetilachen.

Fränkies Eltern fiel die Kinnlade herunter, als sie das wilde Tohuwabohu in der Halle sahen. Ein Vampirmädchen tanzte mit einem Außerirdischen zu ohrenbetäubender Musik. Eine Mumie legte echte Schallplatten auf. Über ihnen flatterte eine Fledermaus auf und nieder. Jetzt machte der Außerirdische Saltos in der Luft. Dazu klopfte der Yeti mit seinen

Händen im Takt gegen die Tür. Tschabumbum! Mittendrin stand Fränkie und kurbelte wie wild an dem uralten Grammophon, das der Mumie als Mischpult diente. Tschabumbumbum!

«Was ist denn hier los?», rief Mama.

Als Fränkie seine Eltern bemerkte, winkte er. «Mama, Papa! Wir feiern gerade ein bisschen. Macht einfach mit.»

Die Mumie schraubte am Grammophontrichter herum und lachte: «Eine Wahnsinns-Akustik, was, Leute?»

«Mit der Party ist uns wohl jemand zuvorgekommen, Schatzimaus», grinste Papa.

«Fränkie, wer ist das denn?», schrie Mama gegen die Musik an.

«Das sind meine neuen Freunde! Die wohnen hier.»

«Kinder aus der Nachbarschaft, wie nett», sagte Mama.

Fränkies Eltern machten einen Schritt nach vorne. Schon hatte der Yeti seinen Arm um sie gelegt und schob sie energisch in die Eingangshalle.

«Intergalaktische Leuchtkugeln und kosmisches Knurpszeugs!», schrie Terra-5-Augi begeistert, als er die Lampions und die Chips entdeckte.

«Wie schön, ihr habt was zum Essen mitgebracht», rief Fränkie. Im Nu hatten der Yeti, Zamira und Terra-5-Augi den verdatterten Eltern alles entrissen und machten sich über Würstchen und Ketchup

her. Nur das sehr, sehr kleine Schlossgespenst saß kichernd an der Decke und rüttelte wie wild am Kronleuchter.

Mama und Papa schauten sich an und zuckten mit den Schultern. Sie lächelten sich zu.

Und dann fingen sie an zu tanzen.

Etwa zur selben Zeit kratzte Dr. van Felsing an seinem schrecklich juckenden Ausschlag herum. Die Pusteln an seinem Hals waren so groß geworden, dass er schließlich auf Alfred hörte. Er bog ab und raste Richtung städtisches Krankenhaus. Keine halbe Stunde später saßen die beiden Geisterjäger im Sprechzimmer. Eine Hautärztin untersuchte die beiden und schaute sie mitleidig an.

«Meine Herren, Sie haben offensichtlich unbeaufsichtigt mit Chemikalien herumhantiert. Anders kann ich mir das nicht erklären. Das ist kein gewöhnlicher Ausschlag.» Sie begutachtete die großen Pusteln und Pickel an Dr. van Felsings Hals. «Besonders bei Ihnen sieht das nicht schön aus. Wirklich nicht schön.»

«Das weiß ich selber. Sagen Sie mir lieber, wann das wieder weggeht», entgegnete Dr. van Felsing ungeduldig.

«Nun, manche sind groß wie Wachteleier. Das kann dauern!»

«Wie lange?», fragte Dr. van Felsing genervt. Er hasste es, wenn man seine Fragen nicht beantwortete.

«Wenn Sie nicht weiterhin wie Zombies aussehen wollen …» Die Ärztin öffnete ihren Medikamentenschrank.

«*Wie lange?*», knurrte Dr. van Felsing gereizt.

«Nun, das dauert mindestens eine Woche. Eine Woche bei absoluter Ruhe. Und Sie müssen stündlich diese Salbe auftragen. Dann sollte es wieder besser werden.»

Die Ärztin reichte den beiden eine Tube mit Salbe. Sie sah aus wie eine XXXL-Maxi-Tube Tubensenf.

Dr. van Felsing schraubte die Tube auf und roch daran. «Bäh, das Zeug stinkt ja bestialisch.»

«Die Salbe riecht am Anfang ein bisschen streng, aber die meisten Patienten gewöhnen sich mit der Zeit dran.»

Dr. van Felsing fluchte und kratzte sich heftig am Hals.

«Nicht kratzen! Auch wenn's juckt.» Die Ärztin schüttelte den Kopf und wandte sich an Alfred: «Achten Sie darauf, dass er sich nicht so aufregt! Tut ihm nicht gut. Und keinerlei Experimente mehr. Eine Woche im Bett bleiben und Ruhe geben, verstanden.»

Alfred nickte und lächelte gequält.

KAPITEL 23

# MITTERNACHTSGESCHENK

«Fränkie, deine neuen Freunde sind total witzig. Echt abgedreht. Also dieser Alien mit den fünf Augen – ein tolles Kostüm! Das sah alles so echt aus. Und diese Mumie … da rieselte sogar Staub aus den Bandagen. Da haben ihre Eltern echt viel Zeit reingesteckt und waren nicht nur mal eben beim Halloween-Schminkkurs im Kaufhaus oder so.» Fränkies Papa ließ sich in den Autositz fallen.

«Halloween-Schminkkurs im Kaufhaus?», fragte Fränkie.

«Ja, ich mein, da waren Profis am Werk. Deine Freunde waren alle professionell geschminkt und verkleidet. Jeder Einzelne. Wie im Film. Schon Wahnsinn, was man heutzutage mit Kosmetik alles hinkriegt.»

Fränkies Papa kramte im Innenfutter seiner Jacke nach dem Autoschlüssel.

«Hier, Bärchen.» Mama reichte ihm den Schlüssel und schloss die Beifahrertür.

«Ah, danke, Schatzimaus.»

Mamas Sicherheitsgurt klickte. «Deine Freunde hatten ja einen Riesenappetit. Sie haben uns die Würstchen und die Chips förmlich aus der Hand gerissen. Wie kleine Raubtiere.»

Fränkie lachte verlegen: «Stimmt, die haben mächtig reingehauen.»

«Ja, nur das blasse Mädchen nicht. Sie hat nur mal kurz am Ketchup genippt, aber alles gleich wieder ausgespuckt. Hat ihr wohl gar nicht geschmeckt», meinte Mama.

«... aber dafür hat sie fast den ganzen Blutorangensaft alleine ausgetrunken – drei Liter!», sagte Papa und lenkte den Wagen zur Einfahrt hinaus.

Mama drehte sich nach hinten zu Fränkie um. «Ich weiß, du wärst gern noch dageblieben. Aber es ist wirklich spät geworden. Und irgendwann muss auch mal Schluss sein. Auch wenn noch Ferien sind. Irgendwann müssen wir alle mal ins Bett. Es ist schon weit nach Mitternacht.»

«Ich weiß ...», murmelte Fränkie und spielte mit dem kleinen Päckchen in seiner Hand.

Mama lehnte sich wieder nach vorn in ihren Sitz. «Bärchen, fandest du es nicht auch komisch, dass die Kinder auf einmal alle verschwunden waren?
Die haben sich gar nicht bei mir verabschiedet.»

«Tja, bei mir auch nicht, Schatzimaus. Wahrschein-

lich hat einer der Eltern alle abgeholt und hatte es eilig. War ja auch schon spät.»

«Hmm, vielleicht», murmelte Mama.

Fränkie schaute zum Fenster hinaus. Der Umriss des Spooky Palace hinter ihm wurde immer kleiner, bis er in der Dunkelheit nicht mehr zu erkennen war. Fränkie grinste. Bei ihm hatten sich seine neuen Freunde natürlich schon verabschiedet, bevor sie in den Tiefen der Geisterbahn verschwunden waren. Allerdings erst, nachdem Fränkie ihnen versprochen hatte, bald wiederzukommen.

Später, als Fränkie in seinem neuen Kinderzimmer im Bett lag, begutachtete er das kleine Päckchen. Beim Abschied hatte es ihm Zamira hastig zugesteckt.

«Weil du ja jetzt der neue Besitzer des Spooky Palace bist», hatte sie gesagt und Fränkie dabei verschwörerisch zugezwinkert. Vorsichtig löste Fränkie die Schnüre und Bänder um die Verpackung. Dann zupfte er das vergilbte Papier auseinander, bis eine verstaubte Holzschachtel zum Vorschein kam. Eine Art Schmuckkästchen mit Beschlägen und Scharnieren. Fränkie holte tief Luft und öffnete den Deckel.

Der vertraute, etwas gruftige Geruch aus dem Keller des Spooky Palace schlug ihm entgegen, und Frankie hatte tatsächlich für einen Augenblick das Gefühl, als würden seine neuen Freunde in seinem Zimmer sein, um sein Bett stehen und ihm dabei zusehen, wie er ihr Geschenk auspackte.

Unter Staub und Spinnweben befand sich ein Schlüsselbund und darunter ein zusammengefaltetes Stück Papier, offenbar ein Brief. Fränkie nahm beides heraus. Drei Schlüssel waren an einem Kupferring befestigt. Sie waren aus schwarzem Eisen, mit fingerlangem Schlüsselbart und ziemlich alt. Fränkie legte den Schlüsselbund beiseite und faltete den Brief auseinander. Buchstabe für Buchstabe begann Fränkie die kunstvoll geschwungene Schrift zu entziffern:

Dies ist der Schriftsatz zum Geheimabkommen der Vereinigung internationaler Geisterbahnbesitzer aus dem Jahre 1887.

Schriftführer: C. Ch. Creep

Mit dem Erwerb des Spooky Palace tritt der Besitzer und Betreiber der Anlage dem geheimen Bündnis der Geisterbahnbesitzer bei. Durch den Beitritt zu diesem Bündnis verpflichtet sich der Besitzer des Spooky Palace, das Geheimabkommen zur Bewahrung und Sicherung von Geistern und Gespenstern sowie allen Angehörigen der Schatten- und Unterwelt umzusetzen. Dies bedeutet die besondere Verpflichtung, die Kellergewölbe unter der Anlage von jeglichem Publikumsverkehr freizuhalten und vor städtischen Behörden und anderen Institutionen zu verbergen. Um ein abgeschiedenes, geschütztes Leben im Untergrund zu gewährleisten, werden dem Besitzer die drei Schlüssel zu den drei Toren der Unterwelt ausgehändigt. Das Öffnen der drei Tore ist dem Besitzer aber nur im Notfall gestattet, da es die Existenz der Vereinigung der internationalen Geisterbesitzer gefährden könnte. Beim Weiterverkauf oder dem Tod des Besitzers überträgt sich diese Verpflichtung auf alle nachfolgenden Personen.

Gezeichnet W. K. Kukul, Präsident der V.d.i.GbB. sowie C. Ch. Creep, Besitzer und Erbauer des Spooky Palace

Fränkie faltete das merkwürdige Dokument zusammen und legte es mit den drei Schlüsseln zurück in die Holzschachtel. Wie sich sein Leben auf einmal verändert hatte! Erst vorgestern hatte er eine echte Geisterbahn zum Geburtstag geschenkt bekommen und sich mit einer Gruppe kleiner, aber sehr liebenswerter Monster angefreundet. Und schon zwei Tage später war er im Besitz von drei Schlüsseln, die offenbar die Tore zur Unterwelt öffneten! Wahnsinn!

Aber was sollte er jetzt mit diesen Schlüsseln anfangen?

Fränkie gähnte. Er würde diese Fragen mit seinen neuen Freunden besprechen, wenn er das nächste Mal zum Spooky Palace kam. Zu *seiner eigenen* Geisterbahn!

Zufrieden klappte Fränkie die Schachtel zu und stellte sie auf das große Monsterlexikon. Dann legte er sich hin und knipste das Licht aus. Kurz vor dem Einschlafen öffnete er noch einmal kurz die Augen. Da kam es ihm so vor, als hätte sich der Deckel des Kästchens ein Stück geöffnet – und aus dem Inneren drang ein feuerroter Schein …

**Markus Grolik** machte eine Ausbildung zum Modegraphiker und arbeitete als Kinoplakatmaler, bevor er Kunst studierte. Seit 1995 arbeitet er als freier Zeichner. Neben dem Illustrieren und Schreiben von Kinderbüchern sind Comics seine große Leidenschaft. Für seine Bücher und Illustrationen wurde er bereits mehrfach ausgezeichnet. Markus Grolik lebt in München. Mehr über Fränkie Stein auf fraenkie-stein.blogspot.com